お父さんと　お話のなかへ

父と子のお話12か月

原　正和

もくじ

4月のお話　花いっぱいの庭

四月。

ともちゃんは、小学《しょうがく》一年生《ねんせい》になりました。

黄色《きいろ》いぼうしに、ぴかぴかの赤《あか》いランドセルを背負《せお》って、学校《がっこう》まで歩《ある》いていきます。とちゅうまでは、駅《えき》にむかうお父《とう》さんといっしょです。

ともちゃんは、お父さんと手《て》をつないで歩《ある》きながら、なんだかうかない顔《かお》です。まだ、一年生《ねんせい》になったばかりですから、いろいろと心配《しんぱい》なことがあるんです。

そのとき、ふと、いい香《かお》りがしました。

胸《むね》が、すーっとしました。

ふりかえると、道《みち》にむかって、きれいにお花《はな》をさかせているお家《うち》がありました。

「一《ひと》つお話《はなし》してあげようか。」

お父さんが、いいます。

「うん、してして。」

ともちゃんは、いいました。

花《はな》いっぱいの庭《にわ》

《あるところに、花《はな》でいっぱいのきれいな庭《にわ》があってさ。

子《こ》どもたちは、学校《がっこう》にいく時《とき》、その庭の横《よこ》を通《とお》るのが楽《たの》しみだった。だって、きれいだし、いつもいい香《かお》りがするから。

庭《にわ》には、小《ちい》さな家《うち》があって、おじいさんとおばあさんがすんでいた。

おじいさんは、おしゃべりがにがてで、ちょっと、こわい感《かん》じ。子《こ》どもたちが庭《にわ》に入《はい》ろうとすると、「こらっ！」って、おこるんだ。

でも、おばあさんの方《ほう》は、いつもにこにこしていた。学校帰《がっこうがえ》りの子《こ》どもたちを庭《にわ》によんで、よく、おしゃべりをしていた。

庭《にわ》を、いつもお花《はな》いっぱいにしてたのは、おばあさん。おばあさんは、花《はな》が大好《だいす》きで、いろんな花《はな》の種《たね》を集《あつ》めて庭《にわ》にまいて、毎日《まいにち》、大切《たいせつ》に世話《せわ》をした。

おじいさんも、花《はな》の世話《せわ》を手伝《てつだ》っていた。おじいさんは、おばあさんのことが大好《だいす》きで、いつもいっしょにいたかったから。

おばあさんの庭《にわ》は、どの季節《きせつ》にも、いつでも、花《はな》でつつまれていた。

ところが、あるとき、庭《にわ》の花《はな》が、だんだん元気《げんき》をなくしていったんだ。おばあさんのすがたもみかけなくなった。

子どもたちは、とっても心配《しんぱい》した。何《なに》がおこったんだろうって思《おも》った。

それから、花《はな》だけじゃなく、おじいさんの元気《げんき》もなくなっていった。そして、誰《だれ》とも話《はなし》をしなくなった。

「こんにちは。」

って、あいさつをしても、おじいさんは何《なに》もいわない。

おじいさんは、庭《にわ》に出《で》てこなくなった。庭《にわ》は、草《くさ》がのびて、どんどん荒《あ》れていった。


ある日《ひ》、学校《がっこう》から帰《かえ》ってきた男《おとこ》の子《こ》が、一人《ひとり》、勝手《かって》におじいさんちの庭《にわ》に入《はい》っていった。そして、草《くさ》ぼうぼうの庭《にわ》の草《くさ》むしりをはじめた。

男《おとこ》の子《こ》は、しばらく働《はたら》くと、ポケットから何《なに》かとりだして、ぱっと庭《にわ》にまいた。すると、土《つち》のうえに、小さなつぶがぱらぱらぱらんっと落《お》ちた。

そして、男《おとこ》の子《こ》は、わらってかえっていった。

しばらくすると、また、子《こ》どもがやってきた。今度《こんど》は二人《ふたり》、女《おんな》の子《こ》。

二人《ふたり》は、やっぱり、勝手《かって》に庭《にわ》に入《はい》っていって、さっきの子《こ》と同《おな》じように、草《くさ》をむしって、小《ちい》さなつぶをまいていった。

ぱっ、ぱらぱらん、ぱっ、ぱらん
そして、顔《かお》を見合《みあ》わせて、わらって帰《かえ》っていった。

こんなふうに、学校帰《がっこうがえ》りの子《こ》どもたちが、たくさん、勝手《かって》に庭《にわ》に入《はい》っていった。みんな、草《くさ》をむしったり、学校《がっこう》でくんできた水《みず》を土《つち》にまいたりした。そうして、しばらく働《はたら》いたあと、みんなやっぱり、何《なに》やら小《ちい》さなつぶをとりだして、庭《にわ》にまいた。

ぱっぱらぱらん　花《はな》よさけ
ぱっぱらぱらん　げんきになれ

子どもたちは、みんな、楽《たの》しそうにわらった。庭《にわ》にくるまえは、知《し》らない子《こ》どうしだったけど、庭《にわ》ではみんな、友達《ともだち》になれるんだ。


ねえ、小《ちい》さなつぶって、何《なん》だと思《おも》う？

そう、花《はな》の種《たね》だね。

どうして、子《こ》どもたちは、みつかったらおこられるかもしれないのに、勝手《かって》に庭《にわ》に入《はい》っていったんだろう。

それは、みんながおばあさんと、ある約束《やくそく》をしていたからなんだ。

おばあさんは、いつも、おじいさんのことを心配《しんぱい》していた。自分《じぶん》がいなくなったら、おじいさんは、一人《ひとり》ぼっちになるんじゃないかって。なにしろ、おじいさんは、人《ひと》づきあいが苦手《にがて》で、おばあさんのほかにはだれとも、うまく話《はな》せないから。

そこで、おばあさんは考《かんが》えた。

いつも、庭《にわ》の横《よこ》を通《とお》っていく子《こ》どもたちに、

「ねえ、もし、この庭《にわ》が草《くさ》ぼうぼうになったら、みんな、花《はな》の種《たね》を一《ひと》つ、うちの庭《にわ》にまいてくれない？　おじいさんが、さみしくないように。」

と、たのんでいたんだ。

子《こ》どもたちはみんな、おばあさんのことが大好《だいす》きだったし、いつもきれいな庭《にわ》のことも大好《だいす》きだった。だから、おばあさんとの約束《やくそく》をひきうけた。

「うん、いいよ。」って。

実《じつ》は、最近《さいきん》、庭《にわ》が荒《あ》れていたのは、おばあさんが体《からだ》の調子《ちょうし》を悪《わる》くして、病院《びょういん》に入院《にゅういん》していたからなんだ。

荒《あ》れている庭《にわ》をみて、子《こ》どもたちはちゃんと、おばあさんとの約束《やくそく》をまもっていたんだね。

そして、ある朝《あさ》のこと。

「おじいさん。」

おばあさんにそうよばれた気《き》がして、おじいさんはとびおきた。

でも、おばあさんはどこにもいない。そのかわりに、おばあさんの香《かお》りがした。

おじいさんは、香《かお》りのするほうへ引《ひ》き寄《よ》せられていった。そこは、庭《にわ》に面《めん》した窓《まど》だった。

おじいさんは、さーっと、窓《まど》をあけた。

目のまえは、一面《いちめん》のお花畑《はなばたけ》だった。

いろんな色《いろ》のいろんなお花《はな》、いろんな香《かお》りであふれていた。ミツバチやチョウが楽《たの》しそうにとんでいる。

「おばあさんが、やったの？」

って、おじいさんは、久《ひさ》しぶりにわらった。

「おじいさん、おはよう。」

学校《がっこう》にむかう小《ちい》さな女《おんな》の子《こ》がいった。

「おはよう。」

「おじいさんの家《うち》、お花《はな》につつまれてうかんでいるみたいね。」

わらっているおじいさんに、女《おんな》の子《こ》がいった。

「ありがとう。今日《きょう》は学校《がっこう》がおわったら、うちの庭《にわ》にあそびにおいで。」

おじいさんは、いった。


「おじいさん、おはよう。」

男《おとこ》の子《こ》たちがいった。

「おはよう。」

「おじいさん、元気《げんき》になったの？」

「ああ、もうだいじょうぶ。今日《きょう》は学校《がっこう》がおわったら、うちの庭《にわ》にあそびにおいで。」

おじいさんは、いった。


「おじいさん、おはよう。」

大《おお》きな子《こ》どもたちがいった。

「おはよう。」

「ぼくたち、おじいさんが元気《げんき》になるの、まってたんだよ。」

「ありがとう。今日《きょう》は学校《がっこう》がおわったら、うちの庭《にわ》にあそびにおいで。」

おじいさんは、いった。

おじいさんは、子《こ》どもたちがみんな学校《がっこう》へいくと、さっそく準備《じゅんび》にとりかかった。

しまいっぱなしだったテーブルを庭《にわ》に出《だ》し、イスをならべた。そして、ありったけのカップを出《だ》した。

今日《きょう》はおばあさんのお見舞《みま》いにいったあと、お店《みせ》でお菓子《かし》をたくさん買《か》ってこよう。どんなお菓子《かし》がいいかなあ。おじいさんは、そんなことを考《かんが》えながら、なんだかわくわくしてきた。

「さあ、今日《きょう》はさわがしくなるぞ。なあ、おばあさん。」

おじいさんは、庭《にわ》の花《はな》を数本《すうほん》つみ、大切《たいせつ》に紙《かみ》につつんだ。その花《はな》をかかえて、おばあさんのお見舞《みま》いに、家《いえ》をでた。》

ともちゃんは、お父《とう》さんの顔《かお》を見上《みあ》げると、にっこりわらいました。

「おばあさんも元気《げんき》になるね。すぐに、もどってくるね。」

ともちゃんは、いいました。

「そうだね。さあ、お父《とう》さんはここまで。」

坂《さか》の途中《とちゅう》で、お父《とう》さんがいいました。ここから先《さき》、お父さんは階段《かいだん》をおりて駅《えき》へ、ともちゃんは坂《さか》をのぼって学校《がっこう》へ行《い》きます。

ともちゃんは、お父《とう》さんにぎゅっとしがみつきました。

「じゃあね。」

「うん、じゃあね。」

5月のお話

クローバー野原の妖精

ともちゃんが、お母《かあ》さんにしかられています。お父《とう》さんは、ともちゃんを散歩《さんぽ》につれだしました。

二人《ふたり》は手《て》をつなぎ、ぶらぶらと歩《ある》きます。

「テレビをみながら、コップに牛乳《ぎゅうにゅう》をそそいじゃだめだよ。」

お父《とう》さんがいうと、ともちゃんは、

「うん。」と、うなずきました。

さっきまで、ともちゃんがしかられていたのは、牛乳《ぎゅうにゅう》をこぼしたからなのです。

広《ひろ》い空《あ》き地《ち》に、クローバー野原《のはら》がありました。白《しろ》い花《はな》が、たくさん咲《さ》いています。

ともちゃんは、空《あ》き地《ち》のなかに入《はい》っていきました。

「だめだよ、ここに入ると、地主《じぬし》のおじいさんがうるさいんだ。」

お父《とう》さんがいっても、ともちゃんはおかまいなし。しゃがんで、クローバーの花《はな》の冠《かんむり》をつくりはじめました。

「いこうよ。おこられるよ。」

「大丈夫《だいじょうぶ》。お花《はな》がいっぱいだから、おじいさんはおこらないよ。」

ともちゃんはいいました。お父《とう》さんは、こまってしまいました。

「ねえ、お父《とう》さん、野原《のはら》にはね、小《ちい》さなようせいがいるって知《し》ってる?」

「知《し》らない。そのお話《はなし》、してよ。」

「できないよ。お話《はなし》はお父《とう》さんがして。」

お父《とう》さんは、しばらく考《かんが》えて、お話《はなし》をはじめました。

クローバー野《の》原《はら》の妖精《ようせい》

《クローバー野《の》原《はら》にすんでいる妖精《ようせい》

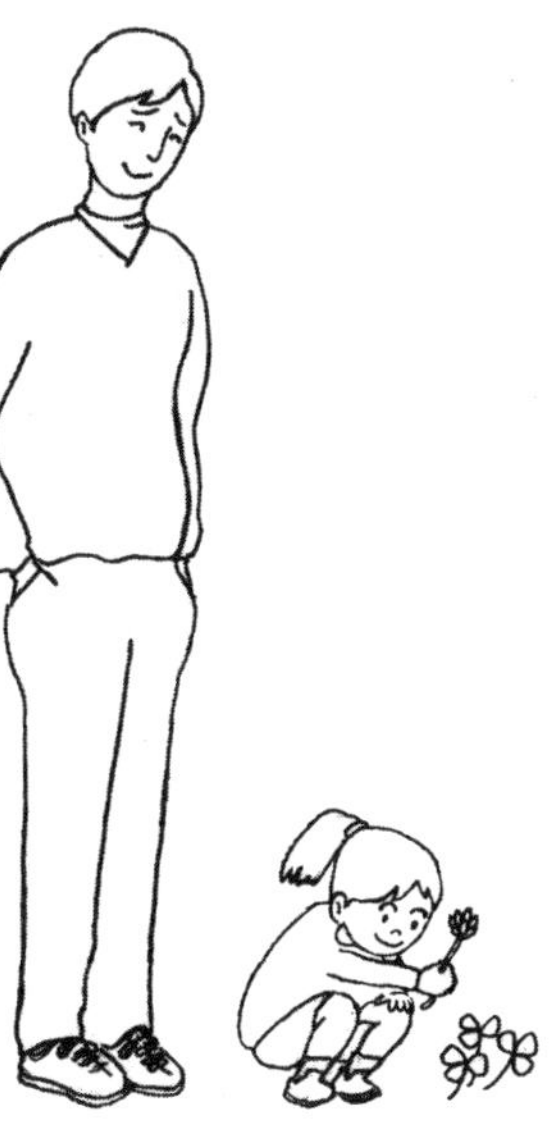

はね、子《こ》どもが大好《だいす》き。だから、妖精《ようせい》は、よつばのクローバーをみつけた子《こ》の願《ねが》いをかなえてくれるんだ。

でもね、どんな願《ねが》い事《ごと》でもかなえてくれるってわけじゃないよ。

妖精《ようせい》がかなえてくれるのは、子《こ》どもが本当《ほんとう》に困《こま》ったときにする願《ねが》い事《ごと》。

だから、かんたんに願《ねが》い事《ごと》をされないように、妖精《ようせい》はクローバー野原《のはら》でよつばのクローバーをみつけると、さっと一枚葉《いちまいは》をつんで、みつばにしておく。そして、タンポポのわたげにつかまって、困《こま》っている子《こ》どもをさがす旅《たび》にでるんだ。

わたげにつかまって、ふんわりふんわりとんでいるのは、男《おとこ》の子《こ》の妖精《ようせい》。名《な》前《まえ》は、みどりくん。

みどりくんは、緑色《みどりいろ》のとんがりぼうしに、緑色《みどりいろ》のシャツ、ズボンも緑色《みどりいろ》。先《さき》のとんがった茶色《ちゃいろ》のクツをはいて、首《くび》には、うす黄色《きいろ》のスカーフをまいている。体《からだ》は、すごく小《ちい》さくて、アリよりももっと小《ちい》さいから、だれも気《き》がつかない。

みどりくんは、とっても困《こま》っている女《おんな》の子《こ》をみつけた。

女《おんな》の子《こ》のなまえは、さつきちゃん。

「ああ、どうしよう。」

さつきちゃんは、テレビを見《み》ながらコップに牛乳《ぎゅうにゅう》を注《そそ》いだから、たたみにザーッとこぼしてしまったんだ。

「もう、何《なに》やってるの！」

お母《かあ》さんは、かんかんにおこっている。実《じつ》は、さつきちゃんが牛乳《ぎゅうにゅう》をこぼしたのは、今日《きょう》で二度目《にどめ》。

さつきちゃんは、しまったな、悪《わる》いことしたなって思《おも》った。でも、『ごめんなさい』って言葉《ことば》が、すなおに口《くち》から出《で》てこない。だって、わざとやったわけじゃないんだもん。

さつきちゃんが、だまって立《た》っていると、

「ちょっと、何《なに》してるの。早《はや》くふかなきゃ。」

お母《かあ》さんがおこった顔《かお》でいった。

さつきちゃんは、ぞうきんを持《も》ってきた。自分《じぶん》が悪《わる》いのはわかってるけど、手伝《てつだ》ってくれたっていいのにって、さつきちゃんは思《おも》った。

「今度《こんど》は、お母《かあ》さん手伝《てつだ》わないからね。自分《じぶん》でやってね。」

お母《かあ》さんは、本《ほん》を読《よ》みはじめた。

さつきちゃんは仕方《しかた》なく、ぞうきんで牛乳《ぎゅうにゅう》をふきとった。なんだか、目《め》に涙《なみだ》がうかんできた。

みどりくんは、このようすをみながら、なんとかしなくちゃと思《おも》った。それで、あいている窓《まど》から家《いえ》のなかに入《はい》ると、お部屋《へや》にかざってある花《はな》の鉢《はち》に、不思議《ふしぎ》な種《たね》をまいた。

この種《たね》は、妖精《ようせい》が腰《こし》にさげているきんちゃく袋《ぶくろ》に大切《たいせつ》にしまってあって、まくとすぐに芽《め》がでて、よつばのクローバーに育《そだ》つんだ。

花《はな》の鉢《はち》には、見《み》るまに、よつばのクローバーがはえてきた。

みどりくんは、「おーい」とさけんで、さつきちゃんをよんだ。みどりくんの声《こえ》は、とっても小《ちい》さい。

さつきちゃんは、誰《だれ》かによばれた気《き》がした。でも、気《き》のせいだと思《おも》った。その時《とき》、鉢《はち》のなかの花《はな》がちょっとだけ動《うご》いたように見《み》えた。

本当《ほんとう》に動《うご》いたんだよ。みどりくんがゆさぶったから。

「あれっ。」と思《おも》って、さつきちゃんがよく見《み》ると、鉢《はち》のなかに、よつばのクローバーがはえている。

「わあ、よつばだ。」

さつきちゃんは、よつばのクローバーをつんだ。そして、どんな願《ねが》い事《ごと》をしようか考《かんが》えた。

ケーキの食《た》べほうだいに行《い》きたいな。

でも、いつも、すぐにお腹《なか》いっぱいになるんだった。

遊園地《ゆうえんち》で、一日中《いちにちじゅう》遊《あそ》びたいな。

でも、誰《だれ》といっしょに行《い》こうかな。

さつきちゃんは、いろいろ考《かんが》えて、迷《まよ》った。そして、（お母《かあ》さんと仲直《なかなお》りしたいな）って、願《ねが》った。

さあ、いよいよ、みどりくんの出番《でばん》。

「よしきた。」

と、はりきってとんでいったのはいいけど、一体《いったい》、どうやって仲直《なかなお》りさせたらいいだろう。妖精《ようせい》にだって、そうかんたんにいい案《あん》はうかばない。

みどりくんは、お母《かあ》さんの肩《かた》の上《うえ》にふわりと舞《ま》いおりた。お母《かあ》さんはぜんぜん気《き》がつかない。

みどりくんは、お母《かあ》さんをわらわせることにした。それで、お母《かあ》さんのお腹《なか》を小《ちい》さな手《て》でこちょこちょした。でも、お母《かあ》さんのお腹《なか》は大《おお》きくて、なんにも感《かん》じてないみたい。

次《つぎ》に、みどりくんは、お母《かあ》さんの耳《みみ》をこちょこちょしてみた。でも、これもだめ、お母《かあ》さんが、手《て》で耳《みみ》をはらったから、みどりくんはふきとばされちゃった。

そこで、今度《こんど》は、お母《かあ》さんの鼻《はな》をこちょこちょすることにした。ところが、お母《かあ》さんが息《いき》をすったひょうしに、みどりくんは鼻《はな》のあなに吸《す》いこまれてしまった。

すーーーーーっつ。

「うわー。」

さあ、みどりくんはどうなちゃうんだろう。

しばらくするとね、お母《かあ》さんの様子《ようす》がなんだか変《へん》なんだ。

「はっ、はふ、はっ、はふん。」

なんだか苦《くる》しそう。

「どうしたの、お母《かあ》さん。」

さつきちゃんがそういったとたん、

ハックショーーン

お母《かあ》さんが、大《おお》きなクシャミをした。

さつきちゃんは、びっくり。

すると、また、お母《かあ》さんは、
ハックション、ハックショーン
と、つづけてクシャミをした。

ハックション、クション、クション、ハックショーン
お母《かあ》さんのくしゃみは止《と》まらない。

「お母《かあ》さん、大丈夫《だいじょうぶ》?」

「う、うん。どうしちゃったのかしら。」

「お母《かあ》さん、かぜひいたんだよ、ベッドでねてたほうがいいよ。」

「そ、そうね。」

お母《かあ》さんは立《た》ち上《あ》がると、さつきちゃんにいわれたとおり、ベッドでねることにした。

さつきちゃんは、お母《かあ》さんが早《はや》くよくなるように何《なに》かしなくちゃと思《おも》った。それで、冷蔵庫《れいぞうこ》からグレープフルーツジュースのパックをとり、コップにジュースをそそいだ。今度《こんど》は、こぼさなかった。そして、お母《かあ》さんに、持《も》っていった。

「お母《かあ》さんの好《す》きなグレープフルーツジュースだよ。早《はや》くよくなってね。」

「ありがとう、さつき。」

お母《かあ》さんは、起《お》き上《あ》がって、ジュースを飲《の》んだ。

「おいしい。」

「ねえ、お母《かあ》さん。」

「なあに。」

「さっきは、ごめんなさい。」

さつきちゃんは、今度《こんど》はすんなりと、『ごめんなさい』がいえた。

「お母《かあ》さんも、ずっと怒《おこ》っててごめんね。そうだ、あとで一緒《いっしょ》にクッキーやこうよ。」

お母《かあ》さんはそういうと、また、
ハックショーーーン
と、大《おお》きなクシャミをした。

その時《とき》、お母《かあ》さんの鼻《はな》のあなから、何《なに》か飛《と》び出《で》てきた。

出《で》てきたのは、そう、みどりくん。お母《かあ》さんがクシャミばかりしていたのは、みどりくんがお母《かあ》さんの鼻《はな》のなかにひっかかっていたからなんだ。

みどりくんは、お母《かあ》さんとさつきちゃんが仲直《なかなお》りしたのを見《み》ると、にっこりわらった。そして、また、タンポポのわたげにつかまると、空《そら》にふわりとまいあがった。》

「今《いま》、なんか動《うご》いたような気《き》がする。妖精《ようせい》かなあ。」

ともちゃんがいいました。

「虫《むし》かもよ。」

お父《とう》さんがそういうと、ともちゃんはサッと立《た》ち上《あ》がりました。

「さあ、帰《かえ》ろう。」

お父《とう》さんがいいます。

「お母《かあ》さん、くしゃみしてるかなあ。」

ともちゃんは、お父《とう》さんに、クローバーの冠《かんむり》をかぶせてあげました。そして、二人《ふたり》ならんで家《いえ》に帰《かえ》りました。

6月のお話

にじのお店

日曜日《にちようび》。

ともちゃんとお父《とう》さんは、公園《こうえん》に行《い》きました。自転車《じてんしゃ》の練習《れんしゅう》をするためです。

ともちゃんは、まだ、うまく自転車《じてんしゃ》にのることができません。

その日《ひ》も、何度《なんど》やっても、うまくのれませんでした。そのうえ、さっきまでいい天気《てんき》だったのに、急《きゅう》に雲《くも》がかかってきて、雨《あめ》がぱらぱらとふってきてしまったのです。

ともちゃんとお父《とう》さんは、大《おお》きな木《き》の下《した》で雨《あま》やどりをしました。

雨《あめ》は、すぐにやみました。

お日様《ひさま》も、すぐにでてきました。すると、空《そら》には、すーっと気持《きも》ちよく、虹《にじ》がかかりました。

「ともちゃん、虹《にじ》だよ。」

お父《とう》さんがいいました。

でも、ともちゃんは、元気《げんき》がありません。

「もう一度《いちど》、のってみる？」

「もう、いい。きっと、むりだから。」

ともちゃんは、いいました。

「ねえ、お父《とう》さん、自転車《じてんしゃ》にのれるお話《はなし》してくれる。」

「いいよ。」

お父《とう》さんがいいました。

にじのお店

《ともちゃんは、今《いま》、公園《こうえん》で自転《じてん》車《しゃ》の練習中《れんしゅうちゅう》。なんどやっても、なかなか上手《うま》くのれない。すると、晴《は》れているのに、急《きゅう》に、雨《あめ》がざあっ

とふってきた。でも、ともちゃんが木《き》の下《した》にかくれると、雨《あめ》はすぐにあがった。へんな雨《あめ》。その時、

「あっ。」

公園《こうえん》の前《まえ》にある、美容院《びよういん》とクリーニング屋《や》さんの間《あいだ》の空《あ》き地《ち》に、まるで虹《にじ》がかかるように、すーっと、見知《みし》らぬ建物《たてもの》があらわれた。

ひょろ長《なが》くて、虹《にじ》の色《いろ》をしていて、てっぺんには丸《まる》い時計《とけい》がある。なんだろう、時計台《とけいだい》かなあ。窓《まど》がいくつもある。

ともちゃんは、その見知《みし》らぬ建物《たてもの》に、ひきよせられるように近《ちか》づいていった。

重《おも》そうな大《おお》きなドアがある。

どうしよう、入《はい》って大丈夫《だいじょうぶ》かなあ。ともちゃんは、ちょっと迷《まよ》ってから、ドアをあけてみた。

ぎぎぎぎいっと、ドアをおしてなかに入《はい》ると、甘《あま》い香《かお》りがフワーンと、ともちゃんを包《つつ》み込《こ》んだ。

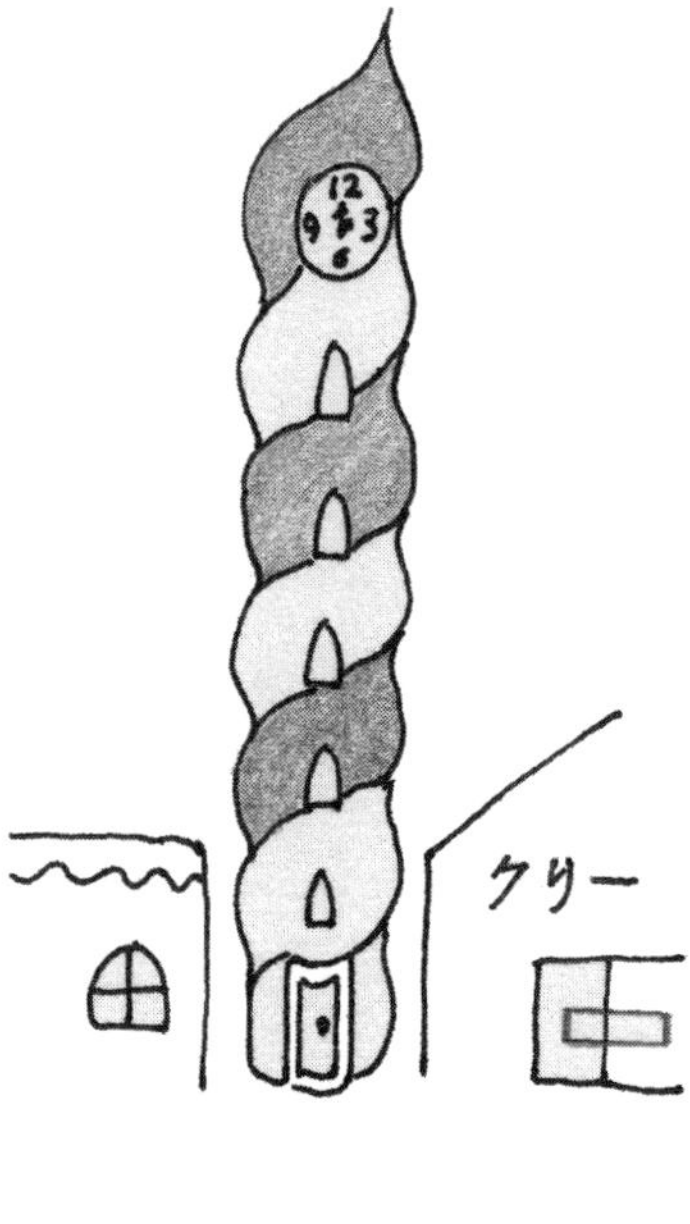

「わあー。」

建物《たてもの》は天井《てんじょう》が高《たか》く、奥《おく》にずっと続《つづ》いている。まるで、図書館《としょかん》みたい。図書館《としょかん》と違《ちが》うところは、本《ほん》のかわりに棚《たな》いっぱいにお菓子《かし》があること。建物《たてもの》じゅうに、ぎっしり、お菓子《かし》がつまっている。

「ここ、お菓子《かし》やさんだ。」

ともちゃんがいった。

でも、このお店《みせ》、ちょっと変《へん》。部屋《へや》じゅうに、たくさんのドアがあって、ドアの上《うえ》には、必《かなら》ず時計《とけい》がかかっている。しかも、時計《とけい》はみんな違《ちが》う形《かたち》で、
カッチコッチ、カッチコッチ
と、時《とき》をきざんでいる。なぜか、どの時計《とけい》も、みんなバラバラの時間《じかん》。

カッチコッチ　カッチコッチ
ともちゃんは、お店《みせ》の奥《おく》へ進《すす》んでいった。

お店《みせ》のなかは、とても静《しず》か。店員《てんいん》さんもお客《きゃく》さんも、誰《だれ》もいない。その時《とき》、ともちゃんは、かべにはってある紙《かみ》をみつけた。紙《かみ》には、こう書《か》いてあった。

「やってみると　うまくいく　ふしぎなおかし　ごじゆうに」

いったい、どういう意味《いみ》だろう。よくわからない。でも、なんだか、わくわく

してきた。

チョコレートにクッキー、ゼリーにキャンディー、ありとあらゆるお菓子《かし》。いろんなケーキに、いろんなドーナツも。一つ一つきれいにならんでいるものも、ビンのなかにぎっしりつまっているものも、きれいな包《つつ》み紙《がみ》につつまれているものも、引《ひ》き出《だ》しにつめ込《こ》まれているものもある。

ともちゃんは、チョコレートがならんでいる前《まえ》に立《た》った。チョコレートは、動《どう》物《ぶつ》や果物《くだもの》、乗《の》り物《もの》、いろんな形《かたち》をしている。なにか一つ選《えら》ぼう。ともちゃんが、まよっていると、

コトッ

と、近《ちか》くで音《おと》がした。後《うし》ろをふりかえると、そこには、男《おとこ》の子《こ》が一人《ひとり》立《た》っていた。

男《おとこ》の子《こ》は、ともちゃんと同《おな》じくらいの年《とし》。色《いろ》が白《しろ》くて、半《はん》ズボンをはいていて、手《て》にはなわ跳《と》びのなわをもっていた。

「これ、たべていいのかなあ。」

男《おとこ》の子《こ》がいった。

「いいんじゃない。『ごじゆうに』ってかいてあるから。」

男《おとこ》の子《こ》は、お菓子《かし》をながめまわして、それから一つ手《て》にとった。

「これがいい。だってほら。」

男《おとこ》の子《こ》は、ともちゃんに、今《いま》とったお菓子《かし》を見《み》せた。それは、なわとびのなわの形《かたち》をしたクッキー。まんなかに、水色《みずいろ》の砂糖《さとう》で、『とべる』と文字《もじ》が書《か》いてある。

「おれ、今《いま》、なわとびの練習《れんしゅう》してるんだ。これ食《た》べたら、とべるかなあ。」

男《おとこ》の子《こ》は、なわとびのクッキーをぱくんと食《た》べた。

「とべるんじゃない。だって、『やってみるとうまくいく　ふしぎなおかし』って書《か》いてあるもん。」

ともちゃんは、そういって、ハッとした。そうだ、これはきっと魔法《まほう》のお菓子《かし》なんだ。ともちゃんは、急《いそ》いで、自転車《じてんしゃ》の形《かたち》をしたチョコレートをさがした。

「あった！」

自転車《じてんしゃ》のチョコレートにも文字《もじ》が書《か》いてあっ

た。白《しろ》いチョコレートで、『のれる』って。

「ほら、見て。」

ともちゃんは、男《おとこ》の子《こ》にチョコレートをみせると、ぱくっと食《た》べた。

おいしい。

今《いま》までに食《た》べたどのチョコレートよりも、甘《あま》くておいしい。自転車《じてんしゃ》のチョコレートは、口《くち》のなかを一周《いっしゅう》すると、すぐにとけてしまった。その時《とき》、

「みてみて。」

と、声《こえ》がした。

ともちゃんがみると、男《おとこ》の子《こ》がなわとびをしている。

「ほら、できた。お菓子《かし》のおかげだ。」

「すごーい。」

やっぱり、これは魔法《まほう》のお菓子《かし》だ。今《いま》なら、私《わたし》も自転車《じてんしゃ》に乗《の》れるにちがいない。

ともちゃんが思《おも》った、その時《とき》、

「あ、ドアが消《き》える。」

男《おとこ》の子《こ》がいった。

見《み》ると、ドアの上《うえ》のあたりが、うっすらと消《き》えかけている。

「帰《かえ》らなくっちゃ。」

男《おとこ》の子《こ》は、大急《おおいそ》ぎで、店《みせ》のなかのお菓子《かし》をポケットにつめこんだ。そして、ドアに向《む》かって走《はし》った。

「ねえ、待《ま》って、名前《なまえ》、なんていうの？」

ともちゃんが言《い》った。でも、男《おとこ》の子《こ》には、きこえなかったみたい。そのまま、バタンと、ドアをあけて出《で》ていってしまった。

男《おとこ》の子《こ》が出《で》ていったドアは、ともちゃんが入《はい》ってきたのとは別《べつ》のドア。ともちゃんは、自分《じぶん》が入《はい》ってきたドアを見《み》た。すると、やっぱり、消《き》えかけている。

「急《いそ》がなきゃ、とじこめられちゃう。」

ともちゃんは、近《ちか》くにあるお菓子《かし》を、なんでもポケットにつめこんだ。

カッチコッチ　カッチコッチ
ドアが、半分《はんぶん》消《き》えた。ともちゃんは、ドアに向《む》かって思《おも》いっきり走《はし》った。

カッチコッチ　カッチコッチ
ともちゃんがドアをひくと、ノブが消《き》えてしまった。それで、ドアのすきまに手《て》をいれて、バッと開《ひら》き、外《そと》へ飛《と》び出《で》た。

外《そと》へ出《で》たとたん、虹色《にじいろ》のお店《みせ》は、まるで、虹《にじ》が消《き》えるときのように、すーっと消《き》えた。

ともちゃんは、しばらく、ぼーっと立《た》っていた。そして、ハッとして、ポケットのお菓子《かし》を見《み》た。すると、お菓子《かし》も虹《にじ》のように、すっかり消《き》えてなくなっていた。

でもね、ともちゃんが、その後《あと》、もう一度《いちど》、自転車《じてんしゃ》にのる練習《れんしゅう》をしてみたら、なんと、はじめて、自転車《じてんしゃ》にのることができたんだ。

にじのお店《みせ》の、お菓子《かし》のおかげかな。》

お父《とう》さんが話《はな》し終《お》えると、ともちゃんは、きょろきょろとあたりを見回《みまわ》し、にじのお店《みせ》をさがしました。

でも、お店《みせ》はありません。虹《にじ》も、もう消《き》えていました。

「どう、もう一度《いちど》、やってみる?」

お父《とう》さんがききます。

「どうしようかな。もう一度《いちど》だけ、やってみようかな。」

ともちゃんは、立《た》ち上《あ》がりました。そして、自転車《じてんしゃ》をおして歩《ある》き出《だ》しました。

「ねえ、お父《とう》さん、子《こ》どものころ、なわとびできた？」

「できたよ。」

「お菓子《かし》を食《た》べてから？」

「えっ？」

「お店《みせ》にいた男《おとこ》の子《こ》ってさあ、子《こ》どものころのお父《とう》さんじゃないかなあ。」

ともちゃんにそう言《い》われると、お父《とう》さんは、不思議《ふしぎ》な気持《きも》ちになりました。子《こ》どものころのことなどすっかり忘《わす》れてしまっているけど、そういえば、昔《むかし》、知《し》らないお店《みせ》で、とびっきりおいしいお菓《か》子《し》を食《た》べたような、女《おんな》の子《こ》とお話《はな》ししたような、そんなことがあったような気《き》がしてきました。

7月のお話 涙おばけドロロン、トロロン

今日《きょう》も雨《あめ》。近《ちか》ごろ雨《あめ》ばかりです。ともちゃんは、つまらなそうに窓《まど》の外《そと》をながめています。

「ねえ、お父《とう》さん、おばけ見《み》たことある？」

「あるよ。」

「こわかった？」

「ぜんぜん。」

最近《さいきん》、ともちゃんは、おばけがこわいのです。一人《ひとり》で、トイレにいけません。

「おばけって楽《たの》しいんだよ。」

お父さんがいいました。

「じゃあ、そのお話《はなし》して。」

ともちゃんがお願《ねが》いします。お父《とう》さんは話《はな》しはじめました。

涙おばけドロロン、トロロン

《雨《あめ》あがりの夜《よる》の森《もり》。葉《は》っぱの上《うえ》の雨水《あまみず》が落《お》ちて、ふたごのおばけが生《う》まれた。ドロロンと生《う》まれたのが、お兄《にい》さんのドロロン。トロロンと生《う》まれたのが、弟《おとうと》のトロロン。二人《ふたり》とも、大《おお》きなゆでたまごみたいで、そっくり。

二人《ふたり》は、フワーンと大《おお》きなあくびをすると、町《まち》にむかって、フワフワとんでいった。

町《まち》には、人《ひと》がたくさん。とってもにぎやかで、ドロロンとトロロンは、うれしくなった。それで、みんなに、

「こんばんは。」

と、あいさつをした。でも、

「ひえー、おばけー。」

みんな、大声《おおごえ》をあげて逃《に》げていく。

「人間《にんげん》は、おばけがきらいなんだね。」

「そうだねえ。」

ドロロンとトロロンは、かなしい気持《きも》ちになって飛《と》んでいった。

しばらくいくと、マンションの三階《さんかい》に、おもちゃのたくさんある部屋《へや》が見《み》えた。

「楽《たの》しそうだなあ。ねえ、入《はい》ってみようよ。」

「うん、そーっとね。」

二人《ふたり》は、マンションのかべをスーッと通《とお》りぬけて中《なか》に入った。そして、二人《ふたり》とも、びっくりした。部屋《へや》にはね、男《おとこ》の子《こ》が立《た》ってたんだよ。名前《なまえ》は、コウスケ。

「おばけ?」

コウスケが、きいた。

「そうだよ。こわい?」

ドロロンがいった。

「ぜんぜん。ぼく、一度《いちど》おばけにあってみたかったんだ。」

ドロロンとトロロンはほっとした。そして、とってもうれしくなった。

「じゃあ、友達《ともだち》になろう。」

トロロンがいった
「うん、いいよ。」

「ヤッター。」

ドロロンとトロロンは、天井《てんじょう》をぐるぐる飛《と》び回《まわ》った。それをみて、コウスケが、

「飛《と》べるって、いいなあ。」

といった。

「じゃあ、いっしょに飛《と》ぼうよ。」

ドロロンがコウスケの手《て》をとった。

「うん、飛《と》ぼうよ。」

トロロンが、もう一方《いっぽう》の手《て》をとった。

「いいの？」

コウスケはドキドキしてきた。

「ぼくたちにまかせといて。」

ドロロンとトロロンが、どんっと胸《むね》をたたいた。

「よし、いこう。」

窓《まど》がスーッと勝手《かって》にあいた。

コウスケは、ドロロンとトロロンの手《て》をぎゅっとにぎると、窓《まど》から空《そら》へ飛《と》び立《た》った。

風《かぜ》に押《お》され、体《からだ》が空高《そらたか》く舞《ま》い上《あ》がる。顔《かお》に風《かぜ》が強《つよ》くあたり、パジャマは、パタパタとはためいた。コウスケは、凧《たこ》あげの凧《たこ》のように、ぐんぐん、空《そら》をのぼっていった。

「うわー。」

町《まち》のあかりが、きらきらしている。

コウスケは、やわらかな夜《よる》の空気《くうき》のなかを、まるで泳《およ》ぐように、バタ足《あし》して飛《と》んだ。

三人《さんにん》は、町《まち》を一回《ひとまわ》りして、部屋《へや》にもどってきた。

「ああ、楽《たの》しかった。ありがとう。」

コウスケがいった。

「ぼくたちも、楽《たの》しかったよ。」

ドロロンとトロロンがいった。

コウスケが、フワーンと大《おお》きなあくびをした。

「じゃあ、おやすみ。またね。」

トロロンがいった、その時《とき》、

「あれ、なんだろう？」

コウスケが、遠《とお》くに、小《ちい》さくゆらめく赤《あか》いあかりをみつけた。

「火事《かじ》かなあ。」

「ぼくたち、ちょっと見てくる。」

ドロロンとトロロンは、そういって、赤《あか》いあかりの方《ほう》へ飛《と》んでいった。

それは、本当《ほんとう》に火事《かじ》だった。でも、まだ小《ちい》さな火《ひ》。

「たいへんだ！」

ドロロンとトロロンは、火《ひ》のそばまで飛《と》んでいくと、体《からだ》からボシャンと水《みず》を落《お》とした。二人《ふたり》は雨水《あまみず》でできているからね。すると、火《ひ》が少《すこ》し小《ちい》さくなった。ドロロンとトロロンも小《ちい》さくなった。

二人《ふたり》は何度《なんど》も火《ひ》の上《うえ》に行《い》き、ボシャンボシャンと雨水《あまみず》を落《お》とした。

コウスケは、二人《ふたり》のことを心配《しんぱい》しながら、ずっと帰《かえ》りを待《ま》っていた。

朝《あさ》、お母《かあ》さんはびっくり。だって、コウスケが、窓辺《まどべ》で寝《ね》ていたから。

「ちょっと、どうしてこんなところでねてるの？」

コウスケは、とびおきた。そして、

「火事《かじ》はどうなった？」

と、きいた。

「火事《かじ》って、なんのこと？」

お母《かあ》さんには、わけがわからない。

コウスケは家《いえ》をとびだすと、昨日《きのう》の夜《よる》、赤《あか》いあかりが見《み》えた方《ほう》へ走《はし》っていった。

しばらくいくと、アパートがあって、自転車置《じてんしゃお》き場《ば》の屋根《やね》が少《すこ》しこげていた。

コウスケは、ここだと思《おも》った。

ドロロンとトロロンは、どうなったんだろう。コウスケは、あたりをさがしまわった。でも、二人《ふたり》は、どこにもいない。火《ひ》を消《け》すかわりに、自分《じぶん》まで消《き》えちゃったのかな。そう考《かんが》えると、コウスケの目《め》から、涙《なみだ》があふれてきた。その時《とき》、

「おーい、おーい。」

どこからか、小《ちい》さな声《こえ》がした。コウスケは、ふりかえった。だけど、やっぱり、二人《ふたり》はどこにもいない。

「ここ、ここ、葉《は》っぱの上《うえ》。」

コウスケが地面《じめん》をよく見《み》ると、草《くさ》の上《うえ》に小《ちい》さな雨《あま》つぶが二《ふた》つぶあった。それは、

ドロロンとトロロンだった。

「やったー、生《い》きてたー。」

コウスケは大《おお》よろこび。

「ねえ、ぼくたちをつれてかえって、次《つぎ》の雨《あめ》の日《ひ》までとっておいて。」

ドロロンがいった。

「でも、ぼくたち小《ちい》さくなりすぎて、次《つぎ》の雨《あめ》の日《ひ》までもつかなあ。」

トロロンがいった。

「そうだ。」

コウスケは、いいことを思《おも》いついた。コウスケは葉《は》っぱをつむと、さっき流《なが》した涙《なみだ》のつぶを、二人《ふたり》の上《うえ》に落《お》とした。すると、涙《なみだ》の分《ぶん》だけ、二人《ふたり》は大《おお》きくなった。

コウスケは、二人《ふたり》をつれて、大急《おおいそ》ぎで家《いえ》にかえった。

次《つぎ》の雨《あめ》の日《ひ》、ドロロンとトロロンは外《そと》にでると、ごくごく雨《あめ》をのんだ。すると、二人《ふたり》はぐん

ぐん大《おお》きくなって、すぐにまた、もと通《どお》り。大《おお》きなゆでたまごみたいになった。

「どうもありがとう。ぼくらの体《からだ》は、ほんの少《すこ》し、きみの涙《なみだ》でできてるね。」

ドロロンがいった。

「そう、ぼくらは涙《なみだ》おばけだ。」

トロロンがいった。

「もとにもどってよかったね、これ、プレゼント。」

そういって、コウスケが渡《わた》したのは、プラスチックでできたシルクハットと蝶《ちょう》ネクタイ。誕生日会《たんじょうびかい》でつかったものだ。

ドロロンとトロロンは、大《おお》よろこび。

「これで、もう、まちがわれないぞ。」

といって、ジグザグに飛《と》んだ。

シルクハットをとったのはドロロン、蝶《ちょう》ネクタイをとったのはトロロン。

「うれしいなあ。ねえ、これからも友達《ともだち》でいてくれる。」

ドロロンとトロロンがいった。

「もちろんだよ。」

コウスケがそういうと、ドロロンとトロロンは楽《たの》しそうに、生《う》まれた森《もり》へと

帰《かえ》っていった。》

「おばけは、人間《にんげん》と友達《ともだち》になりたいんだね。」

ともちゃんがいいました。

「そうだ。お父《とう》さん、いっしょに蝶《ちょう》ネクタイつくろうよ。」

「どうして？」

「おばけにあったら、あげるんだ。」

「よし、つくろう。」

ともちゃんは折《お》り紙《がみ》をもってきて、お父《とう》さんと、蝶《ちょう》ネクタイ作《づく》りを始《はじ》めました。

8月のお話 化石掘りと星

夏休《なつやす》み。

ともちゃんは、科学館《かがくかん》で化石《かせき》を見たり、天体望遠鏡《てんたいぼうえんきょう》をのぞいたりしてきました。

お父さんが仕事《しごと》から帰《かえ》ってくると、ともちゃんは待《ま》ってましたとばかりに、お父《とう》さんにとびつきました。

「ねえ、お父さん、今日《きょう》は化石《かせき》を見《み》てきたんだ。」

「おもしろかった?」

「うん。かみついてきた動物《どうぶつ》の牙《きば》が残《のこ》ったままの、骨《ほね》の化石《かせき》もあったよ。」

「ふーん。」

「化石《かせき》ってかわいそうね。」

「どうして?」

「だって、ずーっとかみつかれたままで、石《いし》のなかにいるんだもん。」

「そうだねえ。」

「ねえ、お父さん、化石《かせき》のお話《はなし》して。」

お父《とう》さんは、着替《きが》えて椅子《いす》に座《すわ》ると、話《はな》し始《はじ》めました。

化石掘りと星

《科学教室《かがくきょうしつ》に通《かよ》う子《こ》どもたちが、川《かわ》に化石《かせき》をとりにやってきた。大昔《おおむかし》、この川《かわ》は、海《うみ》の底《そこ》だった。つい最近《さいきん》も、この川原《かわら》で、ジュゴンのような大《おお》きな海《うみ》の生《い》き物《もの》の化石《かせき》が見《み》つかっている。

真夏《まなつ》の太陽《たいよう》に照《て》らされながら、子《こ》どもたちは、ハンマーで、川原《かわら》の石《いし》を一《ひと》つ一《ひと》つわっていく。運《うん》がよけれ

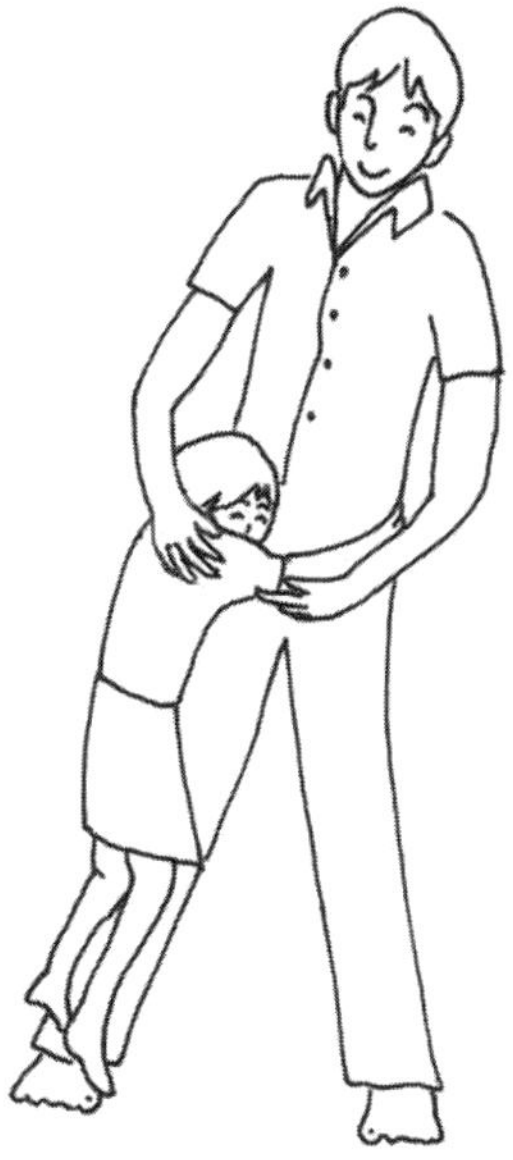

ば、中《なか》に化石《かせき》が入《はい》っている。

カキーン、キーン

「あった!」

一番《いちばん》はじめに化石《かせき》をみつけたのは、たけしだった。われた石《いし》の中《なか》から、小《ちい》さな二枚貝《にまいがい》の化石《かせき》が出《で》てきた。

みんなは、「見《み》せて、見《み》せて。」と、たけしのまわりに集《あつ》まってきた。たけしは、得意《とくい》になって、みんなに見《み》せてやった。

かずやも化石《かせき》を見《み》たそうにやってきた。でも、たけしは、かずやには見《み》せてやらなかった。「おまえはダメ。」といった。

かずやは、大人《おとな》しくて、ちょっとのろま。べつに嫌《きら》いなわけじゃないけど、なぜか、つい、「おまえはダメ。」っていっちゃった。

でも、大丈夫《だいじょうぶ》。かずやは、そんなこと気《き》にするタイプじゃない。いつも、ぼーっとしているし、何《なに》をいってもいい返《かえ》してこない。

今《いま》だって、「どうして、ぼくには見《み》せてくれないの?」っていわないし、そもそも、それほど見《み》たくもないんだろう。

かずやは、汗《あせ》をふいて川原《かわら》にしゃがみ、また、ハンマーで石《いし》をわりはじめた。

カーン　カキーン
石《いし》をわる音《おと》がひびく。

たけしも、もう一《ひと》つ化石《かせき》を見《み》つけようと、化石《かせき》の入《はい》っていそうな石《いし》を探《さが》しはじめた。その時《とき》、目《め》の前《まえ》を、もぐらが走《はし》っていった。つるはしを持《も》って。

もぐら？

たけしは、びっくりした。だって、もぐらが二本足《にほんあし》で走《はし》ってるなんて。見間違《みまちが》いだろうか。一体《いったい》、どこへいくのだろう。気《き》になる。だから、たけしは、もぐらについていった。

もぐらは、えっほ、えっほと走《はし》っていった。かなり足《あし》がおそい。たけしが、あとをつけていることには、気《き》づいていないようだ。

もぐらは、土手《どて》にあいた小《ちい》さな穴《あな》に入《はい》っていった。穴《あな》は、たけしの頭《あたま》がぎ

りぎり入《はい》るくらいの大《おお》きさ。小柄《こがら》なたけしでも、通《とお》り抜《ぬ》けるのはかなりきびしそう。でも、あんな変《へん》なもぐらを見《み》つけて、追《お》いかけずにはいられない。たけしは穴《あな》に体《からだ》を押《お》し込《こ》んで、無理《むり》に中《なか》に入《はい》っていった。

穴《あな》の中《なか》は真《ま》っ暗《くら》。穴《あな》がせまいのは始《はじ》めのうちだけで、くぐりぬけたら、あとは立《た》って歩《ある》くことができた。穴《あな》は、下《した》へつづいていた。

カキーン、クワワーン
かたい石《いし》をたたくような音《おと》が、ずっと奥《おく》からきこえてきた。一体《いったい》、何《なに》の音《おと》だろう。

たけしは、少《すこ》しこわかったけど、もぐらの正体《しょうたい》を知《し》りたくて、ずんずん下《した》へおりていった。

しばらくいくと、急《きゅう》に、広《ひろ》いところにでた。外《そと》は蒸《む》し暑《あつ》いのに、ここはひんやり涼《すず》しい。そこは、洞窟《どうくつ》だった。天井《てんじょう》がすごく高《たか》い。鍾乳洞《しょうにゅうどう》のように、上《うえ》から、すべすべの岩《いわ》がたれ下《さ》がっているところもある。あたりがほんのり明《あか》るいのは、どこかでロウソクをともしているからだ。

コワーン、カキーン、キュイイーン。

音《おと》が、さっきよりも大《おお》きくきこえてくる。たけしは、音《おと》のする方《ほう》へ歩《ある》いていった。

一歩進《いっぽすす》むたびに、音《おと》が大《おお》きくきこえてくる。もうすぐだ。たけしはどんどん歩《ある》いていく。そして、洞窟《どうくつ》の奥《おく》に、誰《だれ》かがいるのをみつけた。もぐらだ。ロウソクにてらされて、もぐらは仕事《しごと》をしている。つるはしを岩《いわ》めがけてふりおろして、かたい岩《いわ》をくだいている。

「ヨイショ。」

カキーン　クワワーン
音《おと》は、岩《いわ》をくだく音《おと》だったんだ。

「ねえ、きみ、だれ。」

たけしは、話《はな》しかけてみた。

もぐらは、ふりかえった。

「え、オレ？　オレ、化石掘《かせきほ》り。」

「何《なに》してるの。」

「何《なに》してるって、そりゃ、化石掘《かせきほ》ってるんだよ。」

「化石《かせき》？　何《なに》の化石《かせき》？　恐竜《きょうりゅう》とか？」

たけしがきいた。

「ちがう、ちがう。オレが掘《ほ》ってるのは、青《あお》い化《か》石《せき》さ。」

「青《あお》い化石《かせき》？　何《なに》それ？」

「科学教室《かがくきょうしつ》でならわなかったか？　青《あお》い化石《かせき》ってのはな、涙《なみだ》が固《かた》まったもんだよ。」

もぐらは、そういって、岩場《いわば》を指《ゆび》さした。

「ほら、そこに青《あお》く光《ひか》る化石《かせき》がうまってるだろ。」

見《み》るとたしかに、岩《いわ》のなかに、青《あお》く光《ひか》るものがかすかに見《み》えた。とってもきれいな光《ひかり》。だけど、ずっと見《み》ていると、なんだかさみしくなってくる光《ひかり》。

「涙《なみだ》って化石《かせき》になるの？」

「そりゃ、なるよ。目《め》から流《なが》した涙《なみだ》じゃなくて、心《こころ》が流《なが》した涙《なみだ》はな。心《こころ》が流《なが》した涙《なみだ》は、すぐに化石《かせき》になっちゃうんだよ。」

もぐらはそういうと、また、つるはしで岩《いわ》をくだきはじめた。

「ほら、この化石《かせき》は青《あお》くてきれいだろ。今《いま》できたばっかりなんだ。今《いま》のうちにこうやって掘《ほ》り出《だ》さないと、すぐに固《かた》まって、もう取《と》り出《だ》せなくなる。そうした

ら大変《たいへん》だ。今《いま》はまだいいけど、大人《おとな》になると、毎日《まいにち》、化石《かせき》のところが痛《いた》むんだよ。」
もぐらは、なおも、岩《いわ》をくだく。
カキーン、クワワーンと音《おと》がひびく。
真夜中《まよなか》に犬《いぬ》が鳴《な》いているような、悲《かな》しいひびき。
「できるだけ早《はや》く、青《あお》い化石《かせき》を掘《ほ》り出《だ》してやってさ。まあ、掘《ほ》り出《だ》すとまでは
いかなくても、まわりの岩《いわ》を少《すこ》しでも多《おお》く、くだいといてやるの。それが、オレ
の仕事《しごと》。」
もぐらは、たけしの顔《かお》をみて、ニカッとわらった。そして、またすぐに仕事《しごと》を
はじめた。
「あ、固《かた》まってきちゃった。これは、もう、むりかなあ。」
その時《とき》、なぜか、たけしの胸《むね》がズキンとうずいた。
「ここって…、もしかして…。」
たけしが、つぶやいた。
「そう。さっきのあの子《こ》の、心《こころ》のなかだよ。」
たけしは、急《いそ》いで、もときた道《みち》をひき返《かえ》した。洞窟《どうくつ》を走《はし》り、穴《あな》をぬけ出《で》て、
川原《かわら》にもどった。

たけしは、すぐに、かずやのところへいった。そして、ポケットから二枚貝《にまいがい》の化石《かせき》を取《と》り出《だ》すと、かずやの前《まえ》に差《さ》し出《だ》した。

「さっきは、ごめん。これ、おまえにも見《み》せてやるよ。」

たけしはいった。

かずやは、にっこり笑《わら》った。そして、うれしそうに化石《かせき》を手《て》にとった。》

「そのあと、青《あお》い化石《かせき》はどうなったの？」

ともちゃんがききました。

「すぐに、小《ちい》さくとけていったんだよ。」

「それで。」

「それでね、小《ちい》さな玉《たま》になったら、岩場《いわば》からポロリと落《お》ちてね。」

「それで。」

「それで、ねむっている時《とき》に口《くち》から出《で》ていってね、空《そら》にのぼっていって、星《ほし》になったんだよ。」

お父《とう》さんが、窓辺《まどべ》にいき、空《そら》を指《ゆび》さしました。

夜《よる》の空《そら》には、星《ほし》が輝《かがや》いています。

「青《あお》い化石《かせき》は、みんなそうなるの。」

「みんなが優《やさ》しくなれればね。」

ともちゃんは、空《そら》を見上《みあ》げました。

「お父さん、星《ほし》がいっぱいあるって、いいね。」

「そうだね。」

二人《ふたり》は、夜《よる》の空《そら》をながめました。

9月のお話

月夜のさんぽ

ともちゃんは、水《みず》ぼうそうで、五日《いつか》も学校《がっこう》にいっていません。

もう熱《ねつ》も下《さ》がったし、体《からだ》は元気《げんき》なのですが、ぶつぶつがきれいに治《なお》りません。

「あーあ、外《そと》にでたいなあ。」

お父《とう》さんが仕事《しごと》から帰《かえ》ってくると、ともちゃんはいいました。

「じゃあ、ちょっと散歩《さんぽ》しようか。」

「ほんとに！」

お父《とう》さんは、夕飯《ゆうはん》をさっと食《た》べると、ともちゃんと家《いえ》を出《で》ました。

今夜《こんや》は、満月《まんげつ》。月《つき》の明《あ》かりが、二人《ふたり》を優《やさ》しく照《て》らします。

「ぶつぶつなおるかなあ。」

ともちゃんがいいました。

「もちろん。」
お父《とう》さんはそういって、お話《はなし》を始《はじ》めました。

月夜のさんぽ

《夜《よる》の町《まち》は、ひっそりしている。朝《あさ》とは違《ちが》う町《まち》みたい。夜《よる》の町《まち》を歩《ある》いていると、まるで夢《ゆめ》の中《なか》にいるような気《き》がする。

今夜《こんや》は、月《つき》がとってもきれい。もっと月《つき》がよく見《み》えるように、ともちゃんとお父《とう》さんは、丘《おか》をのぼっていった。

一番見晴《いちばんみは》らしがいいのは、丘《おか》の上《うえ》にある公園《こうえん》。

「こんな日《ひ》は、木《こ》の葉《は》が月《つき》に照《て》らされて、舟《ふね》になることがあるんだよ。」

お父《とう》さんはそういうと、あたりをきょろきょろ見《み》ながら、ちょっと急《いそ》ぎ足《あし》になった。そして、

「ほら、見《み》てごらん。」

お父《とう》さんが指《ゆび》さしたのは、公園《こうえん》のすべり台《だい》。すべり台《だい》の上《うえ》で、何《なに》かがきらきら輝《かがや》いている。

「わあ。」

それは、小《ちい》さな舟《ふね》だった。舟《ふね》は、月《つき》に照《て》らされながら、ぷかぷかと宙《ちゅう》に浮《う》き、すべり台《だい》に寄《よ》りかかっていた。

「乗《の》ってみよう。」

お父《とう》さんが、すべり台《だい》のはしごをのぼる。

「乗《の》れるの?」

「乗《の》れるよ。お父《とう》さん、子《こ》どもの頃《ころ》に乗《の》ったことがあるんだ。」

二人《ふたり》がはしごをのぼり、舟《ふね》に乗《の》ろうとすると、舟《ふね》はぐらぐらゆれた。それで、ひっくりかえらないように、そっと乗《の》った。

ともちゃんは、お父《とう》さんと向《む》かい合《あ》わせに座《すわ》る。

「さあ、しっかりつかまって。」

お父《とう》さんはそういって、オールをこいだ。すると、舟《ふね》は空《そら》にむかって、すーっと進《すす》んだ。オールをぐいっとこぐたびに、まるで水《みず》の上《うえ》のように、舟《ふね》は進《すす》んでいった。

「すごい、すごい。」

ともちゃんが、手《て》をたたいて喜《よろこ》んだ。

二人《ふたり》は、すいすい空《そら》をのぼっていく。空《そら》の上《うえ》は、風《かぜ》が涼《すず》しくて気《き》持《も》ちいい。下《した》を見《み》ると、夜《よる》の町《まち》のあかりが宝石《ほうせき》のようだった。

ともちゃんは手《て》を出《だ》して、夜《よる》の空気《くうき》をかいてみた。すると、まるで水《みず》にさわったように、空気《くうき》がしっとり手《て》にふれた。

「これなら、落《お》っこちないねえ。」

ともちゃんがいった。

舟《ふね》は、ぐんぐんのぼっていく。ともちゃん家《ち》のマンションが、下《した》に見《み》えた。

舟《ふね》は、もっともっとのぼっていった。そして、どこまでいったと思《おも》う？

そう、月《つき》までいったんだよ。

月《つき》はね、近《ちか》づいてよくみると、でこぼこしている。草《くさ》も花《はな》も生《は》えていなくて、とてもさみしい。でもね、たまに、白《しろ》い家《いえ》があって、そのまわりだけは、きれいに花《はな》がさいている。

ともちゃんとお父《とう》さんは、月《つき》におりていき、その白《しろ》い家《いえ》のまえに舟《ふね》をとめた。

白《しろ》い家《いえ》の庭《にわ》には、花壇《かだん》と畑《はたけ》があった。花壇《かだん》にはいろんな花《はな》がさき、畑《はたけ》にはたくさんニンジンが育《そだ》っている。

ともちゃんとお父《とう》さんが玄関《げんかん》の前《まえ》に立《た》つと、待《ま》っていたかのように、すっと扉《とびら》がひらいた。扉《とびら》のむこうにいたのは、小《ちい》さなうさぎだった。

「やあ、ひさしぶり。」

うさぎがいった。

「ひさしぶり。元気《げんき》そうだね。」

お父《とう》さんがいった。

「知《し》り合《あ》いなの。」

ともちゃんが、びっくりしてきいた。

「ああ。お父《とう》さんが子《こ》どもの頃《ころ》、かってたうさぎなんだ。」

「今《いま》は、月《つき》で病院《びょういん》をやってます。家族《かぞく》みんなでね。」

うさぎの後《うし》ろから、兄弟《きょうだい》のうさぎたちがみんな顔《かお》を出《だ》した。

「どうぞ、中《なか》に入《はい》って。」

うさぎたちは声《こえ》をあわせていった。

白《しろ》い家《いえ》の中《なか》には棚《たな》がたくさんあって、ガラスのビンがぎっしりと並《なら》んでいる。ビンは赤《あか》、青《あお》、黄色《きいろ》、緑《みどり》に紫《むらさき》、いろんな色《いろ》がある。形《かたち》も、丸《まる》、三角《さんかく》、四角《しかく》、五角《ごかく》、六角《ろっかく》、いろんな形《かたち》がある。ビンはとってもきれいで、ともちゃんは思《おも》わず見《み》とれてしまった。

「ともちゃんが水《みず》ぼうそうになって、あとはぶつぶつが治《なお》れば、学校《がっこう》にいけるんだけど。」

お父《とう》さんが、うさぎにいった。

「わかった。いいのがあるよ。」

うさぎはそういうと、棚《たな》に並《なら》んでいるビンをしらべた。そして、星《ほし》の形《かたち》をした青《あお》いビンと、三角《さんかく》の小《ちい》さな茶色《ちゃいろ》いビンを持《も》ってやってきた。

うさぎは、細《ほそ》くて長《なが》いおはしで、青《あお》いビンのなかから何《なに》かをつまみ、白《しろ》いお皿《さら》の上《うえ》に出《だ》した。コロンといって、青《あお》い小石《こいし》が転《ころ》がった。

「それ、なあに。」

ともちゃんがきく。

「これは星《ほし》だよ。夜《よる》になると、町《まち》から空《そら》にのぼってくるんだ。それをね、アミですくって集《あつ》めて、ビンにつめておくの。」

「どうして。」

「病気《びょうき》を治《なお》すためさ。」

うさぎはそういうと、今度《こんど》は茶色《ちゃいろ》の小《こ》ビンを持《も》った。

「こっちはね、月《つき》の砂《すな》さ。これを、星《ほし》にかけるとね。」

うさぎが月《つき》の砂《すな》をかけると、パンパンパンと、青《あお》い星《ほし》がはじけた。まるで、ポップコーンをつくる時《とき》みたい。そして、白《しろ》いお皿《さら》の上《うえ》には、金平糖《こんぺいとう》のようなかわいいつぶがたくさんのっていた。金平糖《こんぺいとう》はいろんな色《いろ》をしていて、とてもおいしそ

うだった。

「さあ、すわって。」

うさぎがいった。

ともちゃんは、イスにすわって横《よこ》になった。歯医者《はいしゃ》さんにあるようなイスね。

「腕《うで》をだして。」

ともちゃんの腕《うで》には、水《みず》ぼうそうのぶつぶつがいくつも残《のこ》っている。

うさぎたちは、みんな、おはしで金平糖《こんぺいとう》をつまみ上《あ》げた。

「スッとするけど、痛《いた》くないよ。」

うさぎはそういって、金平糖《こんぺいとう》を腕《うで》のぶつぶつの上《うえ》にそっとおいた。

ひやっ、とした。

金平糖《こんぺいとう》は、まるで炭酸《たんさん》ジュースみたいに、シュワーッとはじけて、とけてなくなった。それといっしょに、腕《うで》のぶつぶつも消《き》えてなくなっていた。

「わあ、すごい。」

「さあ、みんな治《なお》しちゃおう。」

うさぎたちは、ともちゃんの顔《かお》や体《からだ》にあるぶつぶつやかさぶたに、一《ひと》つずつ金平糖《こんぺいとう》をおいていった。

シュワーッ　シュワーッ　シュワーッ
すごく、くすぐったい。ともちゃんは、体《からだ》をよじってケラケラわらった。

うさぎたちが、みんなでいっせいにやったから、ともちゃんのぶつぶつは、すぐにすっかりきれいになった。あとも、なにも残《のこ》ってない。

「どうもありがとう。」

ともちゃんがいうと、うさぎたちは耳《みみ》を真《ま》っ赤《か》にして照《て》れた。

ともちゃんとお父《とう》さんは、うさぎにお別《わか》れをいった。それから、また、舟《ふね》にのって、公園《こうえん》に帰《かえ》ってきた。二人《ふたり》が、舟《ふね》をおりたとたん、舟《ふね》はシャラシャラと音《おと》をたてて、ただの葉《は》っぱにもどった。

次《つぎ》の日《ひ》、ともちゃんは元気《げんき》に、学校《がっこう》にいった。》

話《はな》し終《お》えると、お家《うち》の前《まえ》でした。

お家《うち》に帰《かえ》ったともちゃんは、寝《ね》るしたくをして、おふとんに横《よこ》になります。

「お父《とう》さん、今日《きょう》は寝《ね》るまで横《よこ》にいて。」

「いいよ。」

お父《とう》さんは、カーテンをあけました。空《そら》には、満月《まんげつ》が浮《う》かんでいます。

「うさぎたちが星《ほし》をとるところ、見《み》てみたいなあ。」

ともちゃんがいいました。

「そうだね。」

二人《ふたり》は、月《つき》を眺《なが》めました。そして、ともちゃんはいつのまにか、ねむってしまいました。

10月のお話

ポットラッチがつけた名前

日曜日《にちようび》の午後《ごご》。ともちゃんとお父《とう》さんは、おさんぽをしています。

「ねえ、お父《とう》さん、わたしの名前《なまえ》って、だれがつけたの。」

「お父《とう》さんとお母《かあ》さん。」

「すぐに決《き》まった?」

「ぜんぜん。」

「名前《なまえ》、かえられるかなあ。」

ともちゃんがいいました。

「どうして?」

「自分《じぶん》で決めたい。」

「いい名前《なまえ》だと思《おも》うけどなあ。」

「ねえ、お父《とう》さん、名前《なまえ》のお話《はなし》して。」
お父《とう》さんは、お話《はなし》をはじめました。

ポットラッチがつけた名前《なまえ》

《あるところに、島《しま》があった。そこに、ポットラッチという男《おとこ》が住んでいた。ポットラッチは結婚《けっこん》して、やがて、子《こ》どもが生《う》まれた。それで、ポットラッチは、お父《とう》さんになった。

ポットラッチは、赤《あか》ちゃんをだっこした。すると、心《こころ》の底《そこ》から、うれしさがこみ上《あ》げてきた。この赤《あか》ちゃんは、自分《じぶん》にとって、一番《いちばん》の宝物《たからもの》だと思《おも》った。

さて、さっそく、お父《とう》さんになったポットラッチに最初《さいしょ》の仕事《しごと》が待《ま》っていた。それは、赤ちゃんに名前を

つけること。子どもは、女の子。一体、どんな名前《なまえ》にしようか。

ポットラッチにとって、この子《こ》は世界《せかい》で一番《いちばん》美《うつく》しく、世界《せかい》で一番大切《いちばんたいせつ》。この子《こ》にふさわしい、すばらしい名前《なまえ》をつけたい。

ポットラッチは、考《かんが》えた。考《かんが》えに、考《かんが》えた。でも、いい名前《なまえ》がうかばない。

そうだ、「パール」というのはどうだろう。ポットラッチの住《す》む島《しま》では、パールがとれた。パールとは、貝《かい》のなかにまれに入《はい》っている、美《うつく》しい、きらきら光《ひか》る小《ちい》さな宝石《ほうせき》のこと。そうだ、パールがいい。

子《こ》どもの名前《なまえ》が決《き》まって、ポットラッチは、ほっとした。でも、すぐに、いや待《ま》てよ、と思い直した。

この子《こ》はパールよりもずっと美《うつく》しい。それに、パールとは比《くら》べものにならないくらい大切《たいせつ》だ。だから、パールという名前《なまえ》は、この子《こ》にふさわしくない。もっといい名前《なまえ》があるはずだ。こうして、ポットラッチは、また一《いち》から考《かんが》え直《なお》すことにした。

この子《こ》にふさわしい名前《なまえ》は何《なん》だろう。ポットラッチは悩《なや》んだ。悩《なや》みに悩《なや》んだ。きれいな宝物《たからもの》の名前《なまえ》はたくさん出《で》てきた。でも、娘《むすめ》より大切《たいせつ》なものは一《ひと》つもなかった。

ポットラッチは奥《おく》さんにきいた。奥《おく》さんは、いろいろと名前《なまえ》をあげた。でも、ポットラッチがなっとくする名前《なまえ》はなかった。

女《おんな》の子《こ》は、名前《なまえ》がないまま七日《なのか》がすぎた。名前《なまえ》がないと、子《こ》どもを呼《よ》ぶときに困《こま》った。だっこしてあやすとき、なんて呼《よ》びかければいいだろう。それで、奥《おく》さんと相談《そうだん》して、いい名前《なまえ》をみつけるまで、ひとまず、かりに、この子《こ》をポッチと呼《よ》ぶことにした。短《みじか》くて、呼《よ》びやすいし、ひびきがかわいいから。島《しま》のみんなも、その日《ひ》から、ポットラッチの娘《むすめ》をポッチと呼《よ》ぶことにした。

ポットラッチは、娘《むすめ》をポッチと呼《よ》びながら、もっといい名前《なまえ》があるはずだと思《おも》い続《つづ》けた。娘《むすめ》に早《はや》く、本当《ほんとう》の名前《なまえ》をつけてやらねば。しかし、いくら考《かんが》えても、いい名前《なまえ》はみつからない。そして、ポッチが一才《いっさい》になったころ、ポットラッチは、とうとう、奥《おく》さ

んとポッチを残《のこ》し、名前《なまえ》をさがす旅《たび》に出《で》ることにした。

ポットラッチは、小舟《こぶね》にのって島《しま》を出《で》た。

風《かぜ》をうけ、舟《ふね》が進《すす》む。やがて、ポットラッチのまわりは海《うみ》だけになった。舟《ふね》の横《よこ》を、イルカたちが楽《たの》しげにぴょんぴょん飛《と》びはねながらついてきた。海《うみ》のむこうに夕日《ゆうひ》が沈《しず》んでいき、沈《しず》みきる前《まえ》に、くじらの親子《おやこ》が潮《しお》をふいて通《とお》り過《す》ぎた。空《そら》に月《つき》が、静《しず》かに浮《う》かんだ。

ポットラッチが目《め》にしたものは、どれも、すばらしかった。しかし、どれも、やっぱり、娘《むすめ》ほどすばらしくはなかった。

雨《あめ》がふり、晴《は》れ、何日《なんにち》も過《す》ぎたが、名前《なまえ》はみつからなかった。

空《そら》に黒《くろ》い雲《くも》が広《ひろ》がり、はげしい雨《あめ》がふってきた。今《いま》までで一番《いちばん》ひどい嵐《あらし》だ。風《かぜ》が吹《ふ》きすさび、波《なみ》は大荒《おおあ》れ。ポットラッチは、何《なに》もすることができない。すると、とつぜん、ポットラッチの前《まえ》で、波《なみ》が山《やま》のように大《おお》きくのび上《あ》がり、舟《ふね》ごとポットラッチを飲《の》み込《こ》んだ。ポットラッチは、ぐるぐると波《なみ》にもまれながら、海《うみ》のなかへ引《ひ》き込《こ》まれていった。このまま死《し》んでしまうと、ポットラッチは思《おも》った。ポッチの顔《かお》が頭《あたま》に浮《う》かぶ。ポットラッチはポッチの名前《なまえ》を呼《よ》んだが、海《うみ》の水《みず》が口《くち》のなかに入《はい》り込《こ》み、声《こえ》がでなかった。目《め》の前《まえ》が真《ま》っ暗《くら》になった。

気《き》がつくと、ポットラッチは砂浜《すなはま》にたおれていた。

そこは、どこかの、知《し》らない島《しま》だった。助《たす》かった、生《い》きている。でも、動《うご》くことができない。じりじりと太陽《たいよう》にやかれながら、ポットラッチは、また、ねむってしまった。

一人《ひとり》のおじさんが、ポットラッチに気《き》づいた。おじさんは、自分《じぶん》の子《こ》どもたちを呼《よ》び、みんなでポットラッチを助《たす》け、家《いえ》まで運《はこ》んだ。そして、ポットラッチをねかせ、あたたかいおかゆを食《た》べさせてやった。

ポットラッチが目《め》をさますと、そこには、自分《じぶん》の顔《かお》をのぞきこむ、優《やさ》しそうなおじさんの顔《かお》が見えた。ほかにも、たくさんの人《ひと》が自分《じぶん》のことをにこにこしながら見《み》ていた。

ポットラッチは、大《おお》きな木《き》の上《うえ》にあるツリーハウスの部屋《へや》のなかで寝《ね》ていた。とても気持《きも》ちいい風《かぜ》が吹《ふ》き抜《ぬ》けた。

「あなたが助《たす》けてくれたんですか。」

ポットラッチは、おじさんにきいた。

「私《わたし》がみつけ、九人《きゅうにん》の子《こ》どもたちが運《はこ》んだよ。おかゆをつくったのは、妻《つま》だよ。」

おじさんは、こたえた。

「ありがとうございます。」

「ゆっくり、やすみなさい。」

ポットラッチは、そこで、おいもやバナナ、魚《さかな》、たくさんのものを食《た》べさせてもらった。そして、しばらくすると、すっかり元気《げんき》になった。

ある夜《よる》のこと。ポットラッチは、みんなに、娘《むすめ》の名前《なまえ》を探《さが》して旅《たび》をしていることを話《はな》した。

「本当《ほんとう》の名前《なまえ》がみつかるまでは、ポッチとよんでいるんです。」

ポットラッチはいった。そして、

「あなたは、命《いのち》の恩人《おんじん》です。どうか、娘《むすめ》に名前《なまえ》をつけてください。あなたがつけてくれるのなら、もう、世界《せかい》で一《いち》番美《ばんうつく》しく、一番大切《いちばんたいせつ》な名前《なまえ》でなくても

かまいません。」

といって、おじさんの手《て》をとった。

「ほんとうに、いいのかい。」

「はい。」

「じゃあ、今《いま》のまま、ポッチがいいよ。」

おじさんは、いった。

「えっ？」

「名前《なまえ》は、何《なん》だっていいのさ。わしには九人《きゅうにん》の子《こ》がいる。長男《ちょうなん》はイッチ、次男《じなん》はニッチ、三男《さんなん》はミッチ、それから、ヨッチ、ゴッチ、ムッチ、ナッチ、ヤッチ、クッチ。みんな、とっても呼《よ》びやすい名前《なまえ》さ。」

「でも。」

「大切《たいせつ》なのは、名前《なまえ》じゃないよ。つけた名前《なまえ》をどれだけたくさん呼《よ》ぶかさ。たくさん呼《よ》ぶうちに、その名前《なまえ》が、きみにとってかけがえのないものになるよ。さあ、早《はや》く帰《かえ》って、娘《むすめ》さんの名前《なまえ》を呼《よ》んであげなさい。」

おじさんにそういわれると、ポットラッチはポッチに会《あ》いたくてたまらなくなった。でも、帰《かえ》ろうにも舟《ふね》がない。波《なみ》にのまれてしまったから。

するとおじさんは舟《ふね》をかしてくれた。それに、ポットラッチが早《はや》く家《いえ》に帰《かえ》れるように、九人《きゅうにん》の子《こ》どもたちに、ポットラッチを島《しま》まで送《おく》ってあげるようにいった。

ポットラッチは、おじさんと奥《おく》さんに、心《こころ》の底《そこ》からお礼《れい》をいった。

「ありがとうございました。さようなら。」

九人《きゅうにん》の子《こ》どもたちの力強《ちからづよ》いことといったらない。おかげで、ポットラッチはすぐに島《しま》についた。

ポッチが、浜《はま》で待《ま》っていた。毎日《まいにち》、ポットラッチの帰《かえ》りを待《ま》っていたんだ。ポットラッチは、ポッチを抱《だ》きしめると、「ポッチ、ポッチ、ポッチ。」と何度《なんど》も呼《よ》んだ。すると、ポッチは、

「お父《とう》さん。」といった。

それから、ポットラッチは、ポッチの名前《なまえ》を数《かぞ》え切《き》れないほど呼《よ》んだ。そして、いつしか、「ポッチ」という言葉《ことば》は、ポットラッチにとって、世界《せかい》で一番美《いちばんうつく》しいもの、一番大切《いちばんたいせつ》なもの、自分《じぶん》よりも大事《だいじ》なものをあらわすようになった。》

「お父《とう》さん、九人《きゅうにん》の子《こ》どもたちはどうなったの。」

「家《いえ》に帰《かえ》ったよ。自分《じぶん》たちの名前《なまえ》がとっても好《す》きになってね。」

「どうして？」

「ポットラッチに会《あ》うまで、九人《きゅうにん》の子《こ》どもたちは、自分《じぶん》たちの名前《なまえ》がちょっときらいだったんだ。」

「私《わたし》も、ポットラッチの話《はなし》をきいて、私《わたし》の名前《なまえ》が好きになった。お父《とう》さん、名前《なまえ》を呼《よ》んで。」

「ともちゃん！」

「お父《とう》さん！」

11月のお話

秋当番

お父《とう》さんが、仕事《しごと》から帰《かえ》ってきました。

ともちゃんは、お父《とう》さんの机《つくえ》に、どんぐりや葉《は》っぱをばらばらっと広《ひろ》げました。

「これ、どうしたの。」

「学校《がっこう》で、秋《あき》を見《み》つけるっていう授業《じゅぎょう》があって、みんなでひろったの。」

「いいどんぐりだなあ。」

お父《とう》さんが、一番大《いちばんおお》きなどんぐりをつまんでいいました。

「お父《とう》さん、どうして秋《あき》になると、葉《は》っぱが黄色《きいろ》とか赤色《あかいろ》にかわるのかなあ。」

「そうだなあ。」

「そのお話《はなし》して。」

ともちゃんがいいました。お父《とう》さんは、お話《はなし》をはじめました。

秋当番

《りこちゃんが住《す》んでいるマンションの近《ちか》くには、森《もり》がある。その森《もり》で、りこちゃんがどんぐりをひろっていると、ポトンと、頭《あたま》になにかが落《お》ちてきた。

「あいたっ。」

落《お》ちてきたのは、どんぐり。大《おお》きくて、つやつやしていて、とってもきれい。りこちゃんがどんぐりをひろって、うっとりとみつめていると、とつぜん、後《うし》ろから、

「いいどんぐりですね。」

と、もさもさの声《こえ》がした。

りこちゃんが驚《おどろ》いてふりむくと、そこには、大《おお》きな、緑色《みどりいろ》のおばけがいた。いや、よくみると、それは、全身緑色《ぜんしんみどりいろ》をしたもっさもさのクマだった。

「えっ、クマ？」

りこちゃんは、びっくり。

「今《いま》、仕事中《しごとちゅう》です。」

クマがいった。

「なんの仕事《しごと》？」

「秋《あき》を呼《よ》ぶんです。当番《とうばん》なので。」

「もう秋《あき》だよ。」

「まだです。葉《は》っぱが、わたしと同《おな》じ緑色《みどりいろ》ですから。」

クマが、自分《じぶん》の毛《け》をつまんでいった。

「どうやって秋《あき》を呼《よ》ぶの。」

「そのどんぐり、くれたら、教《おし》えてあげてもいいです。」

クマは、もっさもさの緑色《みどりいろ》の手《て》で、りこちゃんのどんぐりを指《ゆび》さした。

「だめ。これ、いいやつだから。」

「それがあれば、このあたり一面《いちめん》、赤《あか》とか黄色《きいろ》にできるんだけどなあ。」

「どうやって？」

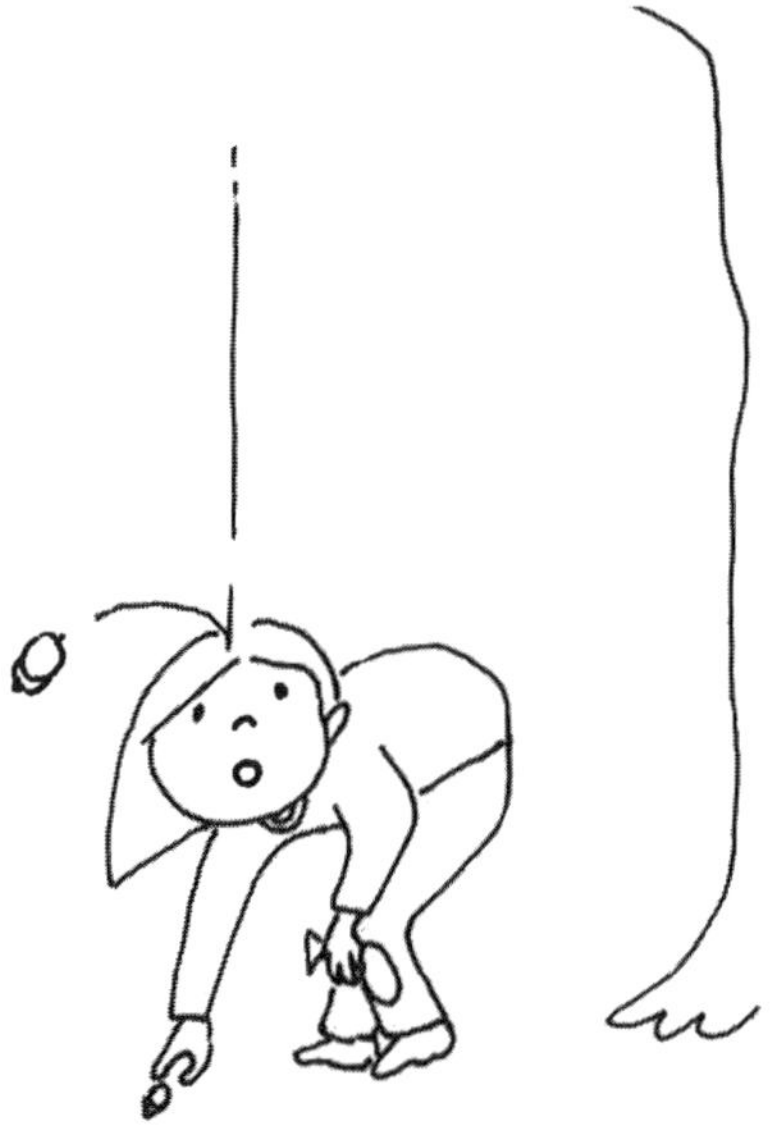

「だから、それをくれたら。」

りこちゃんは、どんぐりをぎゅっとにぎりしめた。

「仕事《しごと》、手伝《てつだ》わせてくれる？」

りこちゃんがいった。クマは、きこえないふりをしている。

「ねえ、手伝《てつだ》わせてくれたら、このどんぐりあげてもいいよ。」

「・・・・・。」

クマは、しばらくだまっていたけど、やがて、大《おお》きなためいきをついた。

「ふーっ、しかたない。でも、ぜったいぜったい、だれにもないしょですよ。」

「お父《とう》さんにも。」

「お父《とう》さんにだけは、いいです。」

どうやら、この大《おお》きなクマもお父《とう》さんで、家《いえ》では子《こ》どもが待《ま》っているんだ。クマは、早《はや》く仕事《しごと》を終《お》えて、家《いえ》に帰《かえ》りたいみたい。

「はい、どんぐり。」

「どうも。」

クマは、どんぐりをうけとると、いろんな角度《かくど》からながめまわした。

「うん、いいどんぐりだ。秋《あき》にするには、もってこいだ。」

クマは、そういうと、どこからか鉛筆《えんぴつ》けずりのようなものをとり出《だ》した。

「それ、けずっちゃうの？」

「そうです。」

「もったいないなあ。」

「だいじょうぶ。」

クマは、けずり機《き》にどんぐりをセットすると、ごりごりごりごりとハンドルをまわした。どんぐりはみるまに粉《こな》になった。

粉《こな》は金色《きんいろ》で、きらきら輝《かがや》いている。見《み》る角度《かくど》によって、赤《あか》に見《み》えたり、朱色《しゅいろ》に見《み》えたり、黄色《きいろ》に見《み》えたり、だいだい色《いろ》に見《み》えたりした。

クマは、粉《こな》を、腰《こし》にくくりつけている巾着袋《きんちゃくぶくろ》に入《い》れた。そして、

「さあ、いきましょう。」

といった。

「どこへ？」

クマは、上《うえ》をゆびさした。

「のってください。」

クマは、りこちゃんに背中《せなか》をむけた。

りこちゃんは、どうしようかなと迷《まよ》った。知《し》らない人《ひと》の背中《せなか》にのってはいけない。でも、知《し》らないクマなら、まあ、いっか。りこちゃんは、クマの背中《せなか》に飛《と》びのった。

クマの背中《せなか》って、毛《け》がもっさもさしているけど、思《おも》いのほか気持《きも》ちいい。鼻《はな》をつけると、森《もり》と同《おな》じ、緑《みどり》の葉《は》っぱのにおいがした。

「じゃあ、おっこちないように気《き》をつけてください。」

クマはそういうと、両手《りょうて》を少《すこ》し横《よこ》にひろげた。そして、大《おお》きく息《いき》をすいこんだ。

クマが、ふわっとうき上《あ》がった。それから、ゆっくりまわりだした。

「すごい！」

クマは、そのまま、森《もり》の上《うえ》までうき上《あ》がると、一番高《いちばんたか》い木《き》のてっぺんにとまった。

「さあ、いきますよ。」

クマはバッと飛《と》び立《た》った。両手《りょうて》をひろげ、風《かぜ》にのり、ぎゅーんと飛《と》んでいく。

「うわー。」

クマのもっさもさの毛《け》が、風《かぜ》になびく。

「さあ、仕事《しごと》です。」

クマは、さっきつくった金色《きんいろ》の粉《こな》を、巾着袋《きんちゃくぶくろ》からひとつかみ手《て》にとると、

ぶうーっつ
と吹《ふ》いて、森《もり》にまきちらした。
すると、粉《こな》をかぶった森《もり》の木《き》の葉《は》が、緑色《みどりいろ》から、さーっと赤色《あかいろ》にかわった。それだけじゃない、緑《みどり》の森《もり》が、一瞬《いっしゅん》で、朱色《しゅいろ》や黄色《きいろ》、だいだい色《いろ》にかわった。
「やりたい、やりたい！ わたしもやりたい。」
りこちゃんは、クマの背中《せなか》でさわいだ。
「はい、どうぞ。緑《みどり》にむけて、思《おも》いっきり吹《ふ》いてくださーい。」
クマは、りこちゃんの手《て》に、粉《こな》をわたした。
りこちゃんは、クマと同《おな》じように、息《いき》をいっぱいすいこむと、
ふうーっつ
と吹《ふ》いた。すると、森《もり》は、まだらに、赤《あか》や黄色《きいろ》やだいだい色《いろ》になった。

「大丈夫《だいじょうぶ》、やってるうちに上手《うま》くなります。」
ぶうーっつ　ふうーっつ
ぶうーっつ　ふうーっつ
りこちゃんとクマは、空《そら》を飛《と》びまわり、あたりに秋《あき》を呼《よ》び込《こ》んだ。

いつのまにか空《そら》まで朱色《しゅいろ》になり、町《まち》は暗《くら》くなっていった。

りこちゃんとクマは、仕事《しごと》を終《お》え、色《いろ》づいた森《もり》の下《した》におりてきた。

「これで仕事《しごと》は終《お》わり。」

そういったクマの顔《かお》は、なんと赤色《あかいろ》。秋《あき》になっていた。

顔《かお》だけじゃない。さっきまで、全身緑色《ぜんしんみどりいろ》だったクマは、今《いま》は全身《ぜんしん》、赤《あか》や黄色《きいろ》に染《そ》まっていた。

「クマさん、赤色《あかいろ》になってるよ。」

「秋《あき》ですから。」

「ねえ、どうして秋《あき》には赤色《あかいろ》にするの。」

りこちゃんがきいた。

「緑《みどり》から黄色《きいろ》、赤《あか》になるものがほかにもあるでしょう。」

「・・・・・信号《しんごう》！」

「そう。つまり、赤《あか》や黄色《きいろ》にするのは、止《と》まって、まわりをよく見《み》てってことです。

どんなに急《いそ》いでいる人《ひと》も、秋《あき》には一度《いちど》止《と》まって、色《いろ》とりどりの森《もり》を楽《たの》しんでください。」

クマは、両手《りょうて》をひろげた。

「手伝《てつだ》ってくれてありがとう。」

りこちゃんは、クマの胸《むね》のなかに飛《と》び込《こ》んで、もさもさの毛《け》に顔《あたま》をおしつけた。

秋《あき》の森《もり》のにおいがした。

「これから、どこへいくの。」

「南《みなみ》へ。」

「来年《らいねん》も、また来《く》る？」

「来年《らいねん》は、来年《らいねん》の当番《とうばん》が来《き》ます。」

「秋《あき》は毎回《まいかい》、違《ちが》うんだね。」

「そうです。」

クマは、りこちゃんをぎゅっと抱《だ》きしめた。りこちゃんもクマをぎゅっとした。

「仕事《しごと》がおわったら、どうするの。」

「冬眠《とうみん》です。」

クマはそういうと、りこちゃんの手《て》をにぎった。そして、にっこりわらい、りこちゃんにバイバイして、空《そら》へとんでいった。》

「お父《とう》さん、今度《こんど》の日曜日《にちようび》、秋《あき》を見《み》に行《い》こうよ。」

ともちゃんが、いいました。

「ちょっと忙《いそが》しいんだよなあ。」

お父《とう》さんがしぶっていると、

「だめだめ、仕事《しごと》は一休《ひとやす》み。今年《ことし》の秋《あき》を、見逃《みのが》しちゃうよ。」

ともちゃんが、お父《とう》さんの腕《うで》をひっぱりました。

12月のお話 ポケットうさぎ

ともちゃんは、お父《とう》さんの帰《かえ》りをずっと待《ま》っています。すると、電話《でんわ》がかかってきました。

「もしもし、ともちゃん、ごめん。忙《いそが》しくて、まだ帰《かえ》れないんだ。」

電話《でんわ》のむこうで、お父《とう》さんがいいました。

今夜《こんや》は、クリスマスイブなのに。ともちゃんは、がっかりです。

「今日《きょう》は、電話《でんわ》でお話《はなし》をしてあげる。どんなお話《はなし》がいい？」

お父《とう》さんがいいました。

「じゃあ、クリスマスにうさぎをプレゼントしてくれるサンタさんのお話《はなし》。」

ともちゃんがいいます。

ともちゃんは、最近《さいきん》、ペットショップでふわふわのうさぎをさわってから、ほしくてたまらないのです。

「うさぎ、ほしいの？」

「ほしい。飼《か》っちゃだめ？」

「うーん。」

お父《とう》さんは、返事《へんじ》に悩《なや》みました。そして、お話《はなし》をはじめました。

ポケットうさぎ

《明日《あした》はクリスマスだね。

サンタクロースは、そろそろ、みんなのプレゼントを袋《ふくろ》につめはじめ、出発《しゅっぱつ》の準備《じゅんび》をする。

サンタさんが、子《こ》どもたちの欲《ほ》しいものリストを見《み》ると、「うさぎ」と書《か》いている女《おんな》の子《こ》が何人《なんにん》もいる。うさぎをほしがる子《こ》は、毎年《まいとし》たくさんいるんだ。サンタさんは、うさぎ

小屋《ごや》にむかった。

小屋《こや》のなかには、たくさんのうさぎがいる。

「おーい、みんな、明日《あした》はクリスマスだ。このなかに入《はい》ってくれ。」

サンタさんは、大《おお》きな袋《ふくろ》の口《くち》をあけていった。

でも、うさぎたちは、みんな知《し》らんぷり。いつもなら、すぐに、ぴょんぴょんと袋《ふくろ》のなかに入ってくるのに。

すると、一羽《いちわ》のうさぎが、サンタさんの前《まえ》にやってきた。

「ぼくたち、もう、プレゼントになるのはやめたんです。」

うさぎは、とってもおこっているようだ。サンタさんは、そんなこと初《はじ》めていわれたので、びっくりしてしまった。

「どうしたんだい。」

「だって、プレゼントにうさぎをもらうと、すぐに飽《あ》きちゃう子《こ》が多《おお》いんです。そしたら、ぼくたち、捨《す》てられちゃうんです。」

うさぎがいった。

「森《もり》に捨《す》てられたり、川《かわ》の土手《どて》に捨《す》てられたり。そういう場所《ばしょ》なら、ぼくたち、生《い》きていけそうでしょ。」

「でも、むりなの。」

「なかには、動物愛護《どうぶつあいご》センターってところにつれていってもらって、新《あたら》しく飼《か》ってくれる人《ひと》がみつかる子《こ》もいるけど。」

「そんなことは、めったにないの。」

うさぎたちが口々《くちぐち》にいった。

「今《いま》さら、そんなこといったって。子《こ》どもたちのプレゼントはどうするの。」

サンタさんは困《こま》ってしまった。

すると、うさぎたちは顔《かお》を見合《みあ》わせてクスクス笑《わら》った。

「いい考《かんが》えがあるんです。」

「なあに。」

「ふわふわのお人形《にんぎょう》をプレゼントするんです。ほら、これが見本《みほん》。」

うさぎがサンタさんにわたしたのは、小《ちい》さな、ふわふわのうさぎのお人形《にんぎょう》。

「名付《なづ》けて、ポケットうさぎ。」

うさぎたちが声《こえ》を合《あ》わせていった。

「ポケットうさぎと遊《あそ》んだり、お話《はな》ししたり、いっしょに寝《ね》たり。」

「いつも、どこにいくのにでも、ポケットに入《い》れて連《つ》れていく。」

「そんなふうに大事《だいじ》にしてくれたら、ある日《ひ》、本物《ほんもの》のうさぎにかわるんです。」

うさぎたちが口々《くちぐち》にいった。

「いいと思《おも》うけど、今《いま》から、みんなのぶん、つくれるのかい。」

サンタさんが心配《しんぱい》してきいた。すると、うさぎたちは、また、顔《かお》を見合《みあ》わせてクスクス笑《わら》った。

「それなら心配《しんぱい》いりません。もう、ずいぶん前《まえ》に、みんなで作《つく》りはじめてますから。」

小屋《こや》のなかのうさぎたちは、これまで、かくれて、こそこそやってきた針仕事《はりしごと》をサンタさんに見《み》せた。そして、みんなで、ニッと笑《わら》った。

「よし、わかった。ポケットうさちゃんでいこう。」

サンタさんがそういうと、うさぎたちは大喜《おおよろこ》び。ワーイ、と飛《と》びはねまわった。

「さあ、そうと決《き》まったら、がんばってつくってくれよ。クリスマスまで時間《じかん》がないぞ。」

「わっかりました、おまかせくださぃ。」

うさぎたちは、大急《おおいそ》ぎで仕事《しごと》にとりかかった。

この日《ひ》のために、一年《いちねん》がかりで集《あつ》めたふわふわの抜《ぬ》け毛《げ》を手《て》にとり、長《なが》い針《はり》でちくちくちくさして形《かたち》をととのえる。頭《あたま》にお腹《なか》、手《て》と足《あし》をそれぞれつくり、針《はり》でちくちくさしてくっつける。そう、フェルト人形《にんぎょう》をつくる感《かん》じ。

ピンクの糸《いと》でぬって口《くち》をつくり、茶色《ちゃいろ》の木《き》くずをはめこんでクリクリの目《め》にする。そして、さいごに、冬《ふゆ》だから、みんなで赤《あか》く染《そ》めあげた毛《け》を、ポケットうさちゃんの首《くび》にまく。あったかいマフラーだね。

うさぎたちは、いっしょうけんめいポケットうさちゃんをつくった。つくりながら、楽《たの》しくてしかたがなくなってきた。あまりに楽《たの》しくて、うさぎたちはぴょんぴょん飛《と》びはねた。針《はり》で指《ゆび》をさしてもなんのそのその。さあ、残《のこ》るはあと少《すこ》し。というところで、大事件《だいじけん》が起《お》きた。

なにがおきたと思《おも》う。

実《じつ》はね、お人形《にんぎょう》に使う、ふわふわの抜《ぬ》け毛《げ》が足《た》りなくなっちゃったんだ。

さあどうしよう。うさぎたちは、困《こま》ってしまった。

もう時間《じかん》がない。

うさぎたちは、みんなでブラシをかけたけど、抜《ぬ》け毛《げ》は出《で》てこない。

「ポケットうさぎが足《た》りないよ。」

「みんなの分《ぶん》、できないよ。」

とうとう、うさぎたちは、泣《な》き出《だ》してしまった。

でも、泣《な》いたってしかたがない。

うさぎたちは涙《なみだ》をふいて、とりあえず、できあがった分《ぶん》のお人形《にんぎょう》をサンタさんにもっていった。そして、お人形《にんぎょう》が少《すこ》し足《た》りないことを話《はな》して、どうすればいいかをきいた。

すると、サンタさんは、

「そんなのかんたん。」

といって笑《わら》うと、その場《ば》でジョキンと自分《じぶん》のひげをハサミで切《き》った。

長年《ながねん》かかってのばした、大切《たいせつ》なひげなのにね。

「これをつかってくれ。」

うさぎたちは拍手《はくしゅ》かっさい。

そのひげをつかって、急《いそ》いで残《のこ》りのお人形《にんぎょう》をつくった。そして、なんとかぎりぎり間《ま》に合《あ》ったんだ。

今年《ことし》のクリスマスイブの夜《よる》、プレゼントを運《はこ》ぶサンタクロースはひげがないはずだよ。そして、小《ちい》さなうさぎたちがたくさん、サンタさんのお手伝《てつだ》いをしているかもね。》

「わたしも、ポケットうさぎ、ほしいなあ。」

ともちゃんが、いいました。

「うさぎを飼《か》いたいって思《おも》っていたんなら、プレゼントしてもらえるかもしれないね。」

「そしたら、とっても大切《たいせつ》にするの。」

ともちゃんは、電話《でんわ》のむこうでいいました。

「ねえ、お父《とう》さん、このお話《はなし》、続《つづ》けてもいい？」

「いいよ。」

「クリスマスにね、ある女《おんな》の子《こ》のところに、ポケットうさぎが届《とど》きました。女《おんな》の子《こ》はね、うさちゃんをそれはそれは大事《だいじ》にしました。そしたら、それから、ちょうど一年《いちねん》たったクリスマスの日《ひ》のことです。ポケットうさちゃんが、本物《ほんもの》のうさぎにかわっていました。なんでだと思《おも》う。」

「いつものペットショップで、お父《とう》さんに買《か》ってもらったの？」

「ちがうの。女《おんな》の子《こ》は、一年《いちねん》たったクリスマスの日《ひ》に、お父《とう》さんとお母《かあ》さんと動物《どうぶつ》なんとかセンターってところへいきました。そして、びっくりしました。なんでだと思《おも》う。」

「わからないなあ。」

「女《おんな》の子《こ》は、動物《どうぶつ》なんとかセンターで、ポケットうさぎとおんなじ毛《け》の色《いろ》をしたうさぎを見《み》つけたのです。女《おんな》の子《こ》は、『あっ、ポケットうさぎが本物《ほんもの》のうさぎになった。』って、わかりました。

女《おんな》の子《こ》は、うさぎとすぐにお友達《ともだち》になりました。そして、いっしょにお家《うち》に帰《かえ》りましたとさ。

どう？　このお話《はなし》。」

「とってもいいよ。」

お父《とう》さんがいいました。

「じゃあ、お仕事《しごと》がんばってね。おやすみなさい。」

「おやすみ。」

その日《ひ》の夜《よる》、ともちゃんがねむってしまった後《あと》のことです。

ひげのないサンタクロースが、うさぎたちをつれてやってきました。そして、ともちゃんのまくらもとに、そっと、ポケットうさぎの入った包《つつ》みをおいていきました。

1月のお話
新年は、みんなでぎゅっ

ともちゃんは、新幹線《しんかんせん》にのって、おじいちゃんとおばあちゃんのお家《うち》に来《き》ました。明日《あした》は元旦《がんたん》です。

お正月《しょうがつ》の準備《じゅんび》も終《お》わり、あとは、新《あたら》しい年《とし》が来《く》るのを待《ま》つだけです。

今年最後《ことしさいご》の夕食《ゆうしょく》を食《た》べたあと、みんなでテレビを見《み》ています。

「お正月《しょうがつ》はどうして、お祝《いわ》いするの?」

ともちゃんが、ききました。

「年神《としがみ》さまが、新《あたら》しい一年《いちねん》の幸《しあわ》せを持《も》って、お家《うち》にやってくるからだよ。」

お父《とう》さんがいいます。

「年神《としがみ》さまって、だあれ?」

「ともちゃんやお父《とう》さん、みんなを見守《みまも》ってくれているご先祖《せんぞ》さまみたいなものかなあ。」

「ふーん。会《あ》ってみたいなあ。年神《としがみ》さまのお話《はなし》して。」

ともちゃんがいいました。

お父《とう》さんは、話《はな》し始《はじ》めました。

新年は、みんなでぎゅっ

《ともちゃんは、今日《きょう》、朝《あさ》まで寝《ね》ずに起《お》きているつもり。年越《としこ》しそばを食《た》べて、お正月《しょうがつ》になるまで起《お》きていたい。そして、お正月《しょうがつ》になったら、まっさきに「あけまして、おめでとうございます。」って、いいたい。それから、年神《としがみ》さまに会うんだ。

そう思《おも》っていたんだけど。

やっぱり、いつのまにか、寝《ね》ちゃった。

すると、どこからともなく、楽《たの》しそうな音楽《おんがく》がきこえてきて、ともちゃんは、目《め》をさました。

二階《にかい》の窓《まど》から外《そと》を見《み》ると、空《そら》に、大《おお》きな船《ふね》が浮《う》かんでいる。帆《ほ》を広《ひろ》げて、こっちにむかってやってくるのが見《み》えた。

年神《としがみ》さまが、船《ふね》にのってやってきた。

ともちゃんは、そう思《おも》って、急《いそ》いで階段《かいだん》をおりて玄関《げんかん》へいった。

暗《くら》い玄関《げんかん》で待《ま》っていると、楽《たの》しい音楽《おんがく》がだんだん近《ちか》づいてきた。

きんきら、ほい、どっこいしょ

きんきらきら、どっこいしょ

玄関《げんかん》が、ほんわりと明《あか》るくなった。そして、ドアはあいていないのに、白《しろ》いうさぎが、ぴょんぴょんとびはねて、たくさん、家《いえ》のなかに入《はい》ってきた。

それはね、よくみると、うさぎではなく小《ちい》さな人《ひと》だった。

鉦《かね》に太鼓《たいこ》、笛《ふえ》の音《おと》が楽《たの》しげになっている。

きんきら、ほい、どっこいしょ

きんきらきら、どっこいしょ

小人《こびと》たちは、部屋《へや》じゅうを、飛《と》び跳《は》ねたり、かけまわったり、転《ころ》がったりしている。すると、小人《こびと》たちが走《はし》り回《まわ》った後《あと》から、ざああっ、ざああっと音《おと》をたてて、部屋《へや》のなかに木《き》が生《は》えてきた。木《き》は、にょきにょきと根《ね》を伸《の》ばし、枝《えだ》を広《ひろ》げ、ぽんぽんぽんぽんっと梅《うめ》の花《はな》が咲《さ》いた。どこからか、うぐいすが飛《と》んできて、ホー、ホケキョと鳴《な》いている。

小人《こびと》がきゃっきゃっとわらいながら、ぐるぐるまわる。ざああっと、木《き》が生《は》える。すると、今度《こんど》は、ぱんぱんぱんぱんっと桜《さくら》が咲《さ》いた。

小人《こびと》たちは、ものすごい勢《いきお》いでかけ回《まわ》り、転《ころ》げ回《まわ》る。そのたびに、体《からだ》が少《すこ》しずつ大《おお》きくなっていく。部屋《へや》のなかは、さーっと青草《あおくさ》が茂《しげ》っていった。

きんきら、ほい、どっこいしょ
きんきらきら、どっこいしょ

小人《こびと》たちは、側転《そくてん》をしたり、空中回《くうちゅうかい》転《てん》をしたり、忙《いそが》しい。すると今度《こんど》は、

さわさわさわさわと稲穂《いなほ》が実《みの》っていき、頭《こうべ》を垂《た》れ、あたりは金色《きんいろ》になった。

小人《こびと》たちは、すっかり、ともちゃんと同《おな》じくらいの背《せ》の高《たか》さに大《おお》きくなった。

みんな、子《こ》ども。男《おとこ》の子《こ》も女《おんな》の子《こ》もいる。十人《じゅうにん》くらいで、昔《むかし》の子《こ》みたいに着《き》物《もの》を着《き》ていて、ともちゃんを見《み》つめ、にこにこわらっている。

「ああ、ともちゃんかあ。」

男《おとこ》の子《こ》がいった。

「会《あ》いたかったなあ。」

「あなた、だあれ?」

「オレかあ。オレは、ええっと、だれだっけなあ。たしか、ともちゃんのじいちゃんのじいちゃんのじいちゃんの・・・。」

男《おとこ》の子《こ》は、口《くち》をあけ、上《うえ》をむいて考《かんが》えた。

「あたしは、ともちゃんのおばあちゃんのおばあちゃんのおばあちゃん。」

女《おんな》の子《こ》がいった。

「おいらは、ともちゃんのおじいちゃんのおばあちゃんのおじいちゃんの、えーっと、ずーっと昔《むかし》のお父《とう》さんさ。」

「みんな、わたしと関係《かんけい》があるのね。」

ともちゃんがいった。

「そうさあ、うれしいなあ。」

子《こ》どもたちが、みんなでいった。

「会《あ》いたかったなあ、ともちゃん。一年《いちねん》で、大《おお》きくなったなあ。」

男《おとこ》の子《こ》が、そういって、ともちゃんをぎゅっと抱《だ》きしめた。

すると、ともちゃんは、なぜだかわからないけど、とっても幸《しあわ》せな気持《きも》ちになった。まるで、お父《とう》さんに抱《だ》きしめられているみたいに、誰《だれ》かに守《まも》られている気持《きも》ちがした。

「うれしいわあ。」

「楽《たの》しいなあ。」

「会《あ》いたかったあ。」

子《こ》どもたちは、次々《つぎつぎ》に、ともちゃんをぎゅっと抱《だ》きしめた。ともちゃんは、そのたびに、幸《しあわ》せな気持《きも》ちになった。

ともちゃんも、みんなをぎゅっと抱《だ》きしめた。子《こ》どもたちは、きゃはははとわらった。

そうして、みんなが、ともちゃんを抱《だ》きしめると、今度《こんど》は、みんなで手《て》をつないだ。ともちゃんも、はじっこで手《て》をつないだ。そして、いっしょに、部屋《へや》じゅうを走《はし》り回《まわ》った。

楽《たの》しい音楽《おんがく》がなっている。

きんきら、ほい、どっこいしょ

きんきらきら、どっこいしょ

子《こ》どもたちと部屋《へや》のなかを走《はし》り回《まわ》っているうちに、ともちゃんのまわりは、ぐるぐる回転《かいてん》して、一《ひと》つの、上《うえ》も下《した》もない、金色《きんいろ》の世界《せかい》になった。

体《からだ》がふわふわういている。

ともちゃんは、子《こ》どもたちと、手《て》をつないでつながっている。一番《いちばん》はしっこがともちゃん。

いつのまにか、子《こ》どもたちは十人《じゅうにん》だけでなく、何百人《なんびゃくにん》も何千人《なんぜんにん》も何万人《なんまんにん》も、金色《きんいろ》の世界《せかい》にずっとずっとつながっていて、はじまりは見《み》えない。

手《て》をつないでいる子《こ》どもたちの、だれ一人《ひとり》欠《か》けても、ともちゃんは、この世界《せかい》に生《う》まれてこなかったんだよ。

ともちゃんは、部屋《へや》のなかに戻《もど》ってきた。子《こ》どもたちは、手《て》をはなし、ばらばらに部屋《へや》のなかを走《はし》り回《まわ》る。すると部屋《へや》のなかいっぱいに茂《しげ》っていた木々《きぎ》や稲穂《いなほ》が、きらきらと輝《かがや》きだした。そして、小《ちい》さな四角《しかく》にわかれて、紙吹雪《かみふぶき》のように舞《ま》い上《あ》がった。

子《こ》どもたちは、転《ころ》がりながら、ぶつかって、ぎゅっと抱《だ》きしめ合《あ》う。すると、抱《だ》き合《あ》った二人《ふたり》は一人《ひとり》になった。

子《こ》どもたちは、かけまわりながら、ぶつかるように抱《だ》きしめ合《あ》う。ばたん、ぎゅっ。また、二人《ふたり》が一人《ひとり》になった。

ばたん、ぎゅっ。ばたん、ぎゅっ。

とうとう、子《こ》どもは一人《ひとり》になった。

最後《さいご》の子《こ》どもは、にっこりわらって、ともちゃんとぎゅっと抱《だ》きしめ合《あ》った。すると、子《こ》どもがともちゃんのなかに入《はい》ってきて、とけるように一《ひと》つになった。

ともちゃん一人《ひとり》が立《た》っていた。

木々《きぎ》や稲穂《いなほ》は、きらきらと輝《かがや》く、星《ほし》のように小《ちい》さな光《ひかり》の群《む》れになって、部屋《へや》のなかをくるくると回《まわ》った。そして、そのまま、部屋《へや》じゅうを飛《と》び回《まわ》り、最後《さいご》にすーっつと、床《とこ》の間《ま》の鏡餅《かがみもち》のなかに吸《す》い込《こ》まれるように入《はい》っていった。

ともちゃんが、はっと起《お》き上《あ》がると、そこは、お布団《ふとん》の中《なか》。

朝《あさ》になっていた。》

元旦《がんたん》の朝《あさ》。

ともちゃんは、目《め》がさめると、急《いそ》いで一階《いっかい》までおりていきました。

もう、みんな起《お》きています。

「あけまして、おめでとうございます。」

みんながいいました。

「あけまして、おめでとうございます。」

ともちゃんは、そういって、お母《かあ》さんをぎゅっと抱《だ》きしめました。それから、おじいちゃん、おばあちゃん、最後《さいご》に、お父《とう》さんをぎゅっとしました。

「ともちゃん、大《おお》きくなっても、一年《いちねん》に一度《いちど》は、お父《とう》さんのこと抱《だ》きしめてくれる？」

お父《とう》さんがいいました。

「もちろん。」

ともちゃんは、お父《とう》さんに抱《だ》きしめられながら、お父《とう》さんだけでなく、たくさんの人《ひと》に、ぎゅっと包《つつ》まれている気《き》がしました。

「お父《とう》さんも、おじいちゃんをぎゅっとしてよ。」

ともちゃんがいいます。

「えっ、なんだか、てれるなあ。」

「一年《いちねん》に一度《いちど》は、やらないとね。」

ともちゃんに手伝《てつだ》ってもらって、お父《とう》さんは、おじいちゃんをぎゅっとしました。家族《かぞく》みんなが、ぎゅっと抱《だ》きしめ合《あ》いました。

2月のお話　夢のクスノキ

寒《さむ》い夜《よる》、もう、ねる時間《じかん》です。

ともちゃんとお父《とう》さんは、おふとんに入《はい》って、お話《はな》ししています。

「お父《とう》さん、追《お》い出《だ》された鬼《おに》は、どこへいくのかなあ。」

ともちゃんが、ききます。

今日《きょう》は、節分《せつぶん》。さっき、ともちゃんとお父《とう》さんは、豆《まめ》まきをしたのです。

「どこかなあ。」

お父《とう》さんは、しばらく考《かんが》えました。

「ねえ、ともちゃん、来週《らいしゅう》はね、出張《しゅっちょう》で一週間《いっしゅうかん》会《あ》えないんだ。」

お父《とう》さんがいいました。

「えー。」

ともちゃんは、がっかりです。

「じゃあ、夢《ゆめ》のなかで、お父《とう》さんに会《あ》えるお話《はなし》して。」

ともちゃんが、いいます。

お父《とう》さんは、話《はな》し始《はじ》めました。

夢のクスノキ

《ともちゃん、夢《ゆめ》のなかで会《あ》うために、肝《かん》心《じん》なことはなんだと思《おも》う？

それはね、目印《めじるし》をつくることなんだよ。

夢《ゆめ》のなかに入《はい》る時《とき》に、目印《めじるし》になるもの。

それは、二人《ふたり》ともよく知《し》っていて、目立《めだ》つものがいい。そうだ、通学路《つうがくろ》にある、あのクスノキがいい。大《おお》きくて、りっぱだから。

目印《めじるし》が決《き》まったら、次《つぎ》は、夢《ゆめ》のなかへの入《はい》り方《かた》。入《はい》り方《かた》には、いろいろ手順《てじゅん》がある

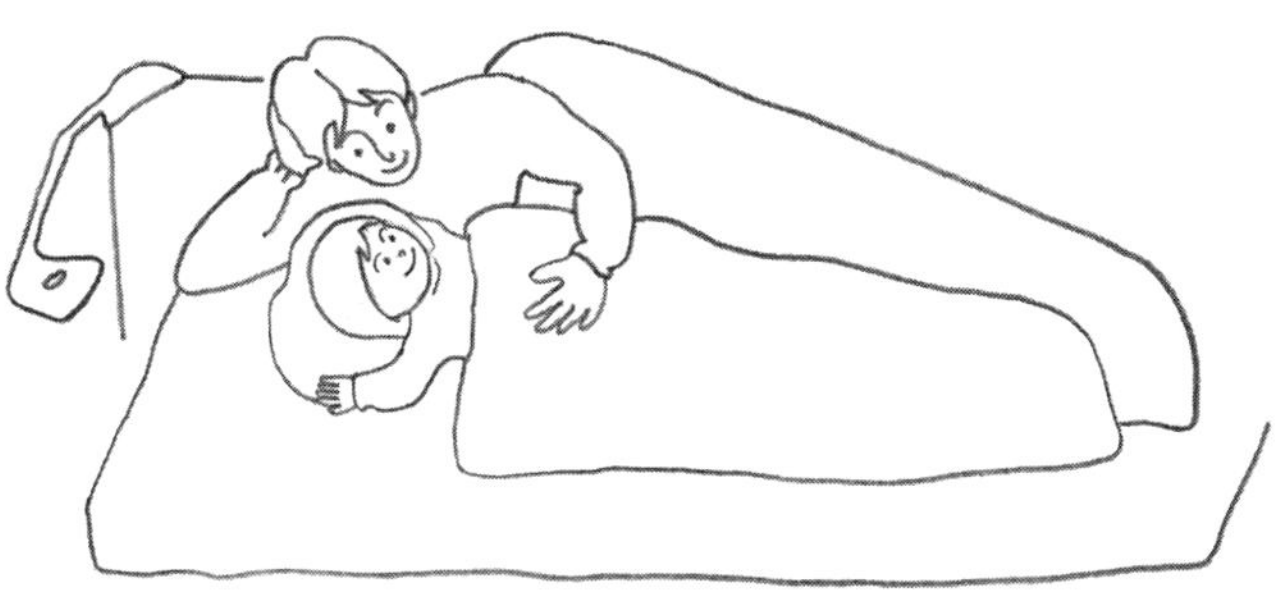

んだ。

まず、おふとんのなかに入《はい》ったら、ともちゃんは、クスノキのことを頭《あたま》に思《おも》いうかべる。そして、かた手《て》を、クスノキにつけている自分《じぶん》を想像《そうぞう》する。手《て》にふれている木《き》の肌《はだ》の、ざらざらしている感《かん》じ、わかるかな。ねむくなるまで、そこで、目《め》をつむって、しゃがんで待《ま》っていて。

ともちゃんは、だんだん、おふとんのなかにいるのか、クスノキのそばにいるのかわからなくなってくるよ。

今《いま》、立《た》ち上《あ》がるのは、めんどう？

めんどうじゃなかったら、立《た》ち上《あ》がってみて。ともちゃんは、すっと立《た》ち上《あ》がる。目《め》をあけると、クスノキのそばに立《た》っていた。

あたりは、暗《くら》い夜《よる》。いつもの町《まち》とかわらない。でも、ともちゃんは、これが夢《ゆめ》だって知《し》っている。だって、木《き》に手《て》をついているから。

「とーもちゃん。」

すぐ近《ちか》くで、お父《とう》さんの声《こえ》がした。でも、だれもいない。すると、クスノキの裏《うら》から、お父《とう》さんが顔《かお》を出《だ》した。お父《とう》さんも、木《き》に手《て》をついている。

「わあ、本当《ほんとう》に会《あ》えた。」

ともちゃんがいった。

「さあ、お散歩《さんぽ》しよう。」

ともちゃんとお父《とう》さんは、二人《ふたり》で手《て》をつないで、夢《ゆめ》のなかの町《まち》を歩《ある》き始《はじ》めた。

夢《ゆめ》のなかの町《まち》には、だれもいない。車《くるま》も、電車《でんしゃ》も通《とお》らない。ともちゃんとお父《とう》さんの二人《ふたり》きり。

「だれもいないねえ。」

ともちゃんがいった。

でも、しばらく歩《ある》いていくと、商店街《しょうてんがい》のはじっこに、明《あ》かりのついているお店《みせ》があった。

「お父《とう》さん、あそこ。」

そこは、最近《さいきん》できたばかりのラーメンやさん。ともちゃんもお父《とう》さんも、まだ、入《はい》ったことはない。

「入《はい》ってみる?」

と、ともちゃん。ラーメンは、ともちゃんの大好物《だいこうぶつ》だもんね。

「入《はい》ってみよう。」

お父《とう》さんがいった。

ともちゃんが、がらがらっと、店《みせ》の引《ひ》き戸《ど》をあける。なかは、カウンター席《せき》だけの小《ちい》さなお店《みせ》。

「らっしゃーい。」

と、威勢《いせい》のいい声《こえ》がした。店《みせ》のなかにいたのは、なんと、バク。悪《わる》い夢《ゆめ》を食《た》べるという、あのバク。ともちゃんもお父《とう》さんも、びっくり。でも、夢《ゆめ》のなかだもんね。

「なんにしますか。」

バクの主人《しゅじん》がきいてきた。

「そうだなあ。」

二人《ふたり》は、店《みせ》のなかを、ぐるっと見回《みまわ》した。

しょうゆ、みそ、とんこつ。

「しょうゆ」

と、お父《とう》さん。

「わたしも。それから、チャーシューおおもり。」

ともちゃんが、いった。

「あいよー。」

バクの主人《しゅじん》は、麺《めん》を湯《ゆ》に入《い》れる。その間《あいだ》に、チャーシューを切《き》る、ぶあつくね。どんぶりを二《ふた》つ用意《ようい》して、まず小《ちい》さなひしゃくでしょうゆを、大《おお》きなひしゃくでスープを入《い》れる。

それから、麺《めん》をチャッチャッと湯切《ゆき》りして、スープのなかにそろり。その上《うえ》に、メンマ、半身《はんみ》の味玉子《あじたまご》、ほうれん草《そう》にもやし、ナルト、のり、チャーシュー。ともちゃんには、おおもり。

二人《ふたり》の前《まえ》に、トンと、どんぶりがおかれた。湯気《ゆげ》がふわぁあああ。あつあつのラーメン。ああ、いいかおり。

二人《ふたり》は、すーっと胸《むね》いっぱい、スープのかおりをすいこんだ。それから、いきおいよく食《た》べ始《はじ》めた。

はふはふ、チュルチュル
はふはふ、チュルチュル

スープの、最後《さいご》のいってきまで飲《の》みほして、トンと、どんぶりをおいたのは二人《ふたり》いっしょだった。

「おいしーい。」

そのとき、店《みせ》の戸《と》が、がらがらっとあいて、お客《きゃく》さんが入ってきた。

「らっしゃーい。」

二人《ふたり》の夢《ゆめ》のなかなのに、だれだろう。そう思《おも》って、ともちゃんがふりかえると、そこには、大《おお》きくて、真《ま》っ赤《か》な体《からだ》をした人《ひと》が。いや、人《ひと》じゃない、鬼《おに》がいた。寒《さむ》いのに、鬼《おに》は、トラのパンツ一枚《いちまい》きり。

赤鬼《あかおに》は、ともちゃんのとなりの席《せき》に、体《からだ》を小《ちい》さくして座《すわ》った。

「おやじ、しょうゆ。」

赤鬼《あかおに》がいった。

「あいよー。」

ともちゃんは、そーっと、赤鬼《あかおに》の顔《かお》をのぞいて見《み》る。大《おお》きな顔《かお》に、どんぐりのような目《め》をしていて、ぜんぜん、こわそうじゃない。

赤鬼《あかおに》が、もじゃもじゃ頭《あたま》をぼりぼりとかいた。すると、バラバラバラっと何《なに》かがテーブルに落《お》ちてきた。豆《まめ》だ。

「赤鬼《あかおに》さん、今日《きょう》は、たいへんだったね。」

ともちゃんが、いった。

「うん。」

赤鬼《あかおに》は、うなずいて、ともちゃんを見《み》た。

「これから、どこいくの。」

と、ともちゃん。

「ラーメンたべたら、鬼《おに》の国《くに》に帰《かえ》る。」

赤鬼《あかおに》が、ニッコリわらった。

「はい、おまちど。」

赤鬼《あかおに》の前《まえ》に、トンと、どんぶりがおかれる。

赤鬼《あかおに》は、すーっと、ラーメンのかおりをすいこむと、はしをもった。

「いっただきまーす。」

そして、はふはふ、チュルチュルと、ものすごいいきおいで食《た》べだした。

「うまいなあ、うまいなあ。」

赤鬼《あかおに》は、なんどもいった。

「おかんじょう。」

お父《とう》さんが、手《て》をあげた。

「いりませんよ。二人《ふたり》の夢《ゆめ》のなかじゃないですか。」

バクの主人《しゅじん》がいった。

「ありがとう、じゃあ、ごちそうさま。」

「ごちそうさま。」

ともちゃんは、店《みせ》の戸《と》をあけた。

「また、夢《ゆめ》のなかでね。」

主人《しゅじん》がいった。

二人《ふたり》は、バクの主人《しゅじん》と赤鬼《あかおに》に、手《て》をふって店《みせ》を出《で》た。

ともちゃんとお父《とう》さんは、夢《ゆめ》の町《まち》を歩《ある》いていく。おなかが、いっぱいだ。

「お父《とう》さん、おいしかったねえ。」

ともちゃんが、いった。

「うん、おいしかった。」

二人《ふたり》は、クスノキにむかって、坂《さか》をのぼっていった。》

「ラーメン、食《た》べたくなっちゃった。」

ともちゃんが、いいました。

「お父《とう》さんも。」

「お父さん、お仕事《しごと》から帰《かえ》ってきたら、あの店《みせ》にいってみようね。」

「うん、いってみよう。」

ともちゃんの目《め》が、とろんとしてきました。お父《とう》さんは、おふとんを、ともちゃんのあごの下《した》まで引《ひ》きよせてあげます。

「じゃあ、夢《ゆめ》のなかでね。」

お父《とう》さんが、いいました。

「うん。」

ともちゃんは、クスノキに、寄《よ》りそっている気《き》がしました。

3月のお話 春風さん

朝《あさ》、ともちゃんは、元気《げんき》に学校《がっこう》まで歩《ある》いていきます。とちゅうまでは、駅《えき》にむかうお父《とう》さんといっしょです。

今日《きょう》は、終業式《しゅうぎょうしき》。小学一年生《しょうがくいちねんせい》も、これでおしまいです。

「一年間《いちねんかん》、たくさんお話《はなし》をしたねえ。」

お父《とう》さんがいいました。

「うん。お父《とう》さんみたいに、たくさんお話《はなし》できるようになりたいなあ。」

ともちゃんがいいます。

「なれるさ。ともちゃんは、お話《はなし》の種《たね》をたくさん持《も》ってるからねえ。」

「お話《はなし》の種《たね》?」

「そう、今《いま》までたくさん、お話《はなし》をきいたでしょう。花《はな》いっぱいの庭《にわ》とか、クローバー野原《のはら》に住《す》む妖精《ようせい》とか、にじのお店《みせ》とか。それが、お話《はなし》の種《たね》。」

「お話《はなし》の種《たね》を持《も》ってると、どうして、たくさんお話《はなし》ができるの?」

ともちゃんがききます。

「それはねえ、お話《はなし》をきいたあと、ともちゃんは、そのつづきを考《かんが》えたでしょう?

涙《なみだ》おばけのドロロン、トロロンが、あの後《あと》どうなったのかとか、秋当番《あきとうばん》のクマは、うまく冬眠《とうみん》できたのかとか。

そうやって、どんどん考《かんが》えていくことはね、お話《はなし》の種《たね》から芽《め》が出《で》て、茎《くき》が伸《の》びて、ぐんぐん育《そだ》っていくってことなんだよ。」

「ふーん、それで。」

「そうすると、自分《じぶん》が考《かんが》え

た、つづきのお話《はなし》を誰《だれ》かに話《はな》してみたくなるだろう?」

「ああ、そうか。」

ともちゃんとお父《とう》さんは、目《め》を合《あ》わせて、わらいました。

「それからね、お話《はなし》のつづきを考《かんが》えていると、ある日《ひ》、お話《はなし》のなかのみんなが、新《あたら》しい仲間《なかま》がほしいって、いいだすんだよ。」

「そうなの?」

「そうだよ。クローバー野原《のはら》のみどりくんも、化石掘《かせきほ》りのもぐらも、秋当番《あきとうばん》のクマも、みんな一人《ひとり》はいやだって、仲間《なかま》がほしいって。」

お父《とう》さんがそういうと、ともちゃんは、今《いま》まできいたお話《はなし》を思《おも》い浮《う》かべてみました。

「するとね、ふと、新《あたら》しい仲間《なかま》のことを思《おも》いつくんだ。それがね、お話《はなし》の花《はな》が咲《さ》くってこと。お話《はなし》の種《たね》が芽《め》を出《だ》し、茎《くき》がぐんぐんのびて花《はな》が咲《さ》いたんだね。そして、また、」

「種《たね》ができるんだね。」

ともちゃんがいいました。

「新《あたら》しい仲間《なかま》のことを思《おも》いついたら、誰《だれ》かに話《はな》したくてしかたなくなるよ。」

お父《とう》さんがいいました。

「お話《はなし》にも、花《はな》が咲《さ》くのか。もうすぐ、春《はる》だもんね。

あ、お父《とう》さん、そういえば、にじのお店《みせ》には、店員《てんいん》さんがいなかったねえ。」

「そうだねえ。」

「にじのお店《みせ》の店員《てんいん》さんは、きっと、背《せ》が高《たか》くてきれいなお姉《ねえ》さんだよ。」

「そうなの？」

「そうだよ。」

ともちゃんはそういうと、話《はな》し始《はじ》めました。

春風さん

《にじのお店《みせ》の店員《てんいん》さんはね、春風《はるかぜ》さんって名前《なまえ》なの。

春風《はるかぜ》さんは、すごくきれいでね、すらっと背《せ》が高《たか》くて、髪《かみ》の毛《け》が腰《こし》まであるの。桜色《さくらいろ》のワンピースをきて、かかとのちょっと高《たか》いくつをはいてる。春風《はるかぜ》さんが通《とお》ると、いいかおりがするの。

春風《はるかぜ》さんが、あの日《ひ》、にじのお店《みせ》にいなかったのは、春《はる》を呼《よ》んでたから。

春風《はるかぜ》さんは、空《そら》を飛《と》んで、春《はる》を呼《よ》ぶ仕事《しごと》をしてるんだよ。

春風《はるかぜ》さんが桜《さくら》の木《き》にとまると、桜《さくら》の花《はな》が咲《さ》くの。庭《にわ》を通《とお》ると、庭《にわ》の花《はな》が咲《さ》くの。野原《のはら》の上《うえ》を飛《と》ぶと、野原《のはら》は花《はな》でいっぱいになるんだよ。

春風《はるかぜ》さんは、時々《ときどき》、マンションの高《たか》いところの窓《まど》にすわってたりするの。そして、子《こ》どもにあったら、にっこりわらって、「こんにちは。」っていって、飛《と》んでっちゃうの。

春風《はるかぜ》さんは、小学校《しょうがっこう》にも来《き》てね、そしたら、子《こ》どもたちはみんな、少《すこ》し、背《せ》がのびるの。

春風《はるかぜ》さんは、いろんなところに飛《と》んでいってね、いろんなところにみんな春《はる》を呼《よ》びおわったら、にじのお店《みせ》に帰《かえ》ってくるの。それで、ほっと一息《ひといき》ついて休《やす》んでね、それから、大好《だいす》きなお菓子《かし》づくりを始《はじ》めるんだよ。

　春風《はるかぜ》さんがつくったお菓《か》子《し》は、子《こ》どもの願《ねが》い事《ごと》をかなえてくれるの。どんなことでもぜんぶじゃないけどね。

　春風《はるかぜ》さんが、にじのお店《みせ》の店番《みせばん》をしながら、本《ほん》を読《よ》んだりしているうちにね、夏《なつ》が過《す》ぎて、少《すこ》しずつ秋《あき》が近《ちか》づいてくるの。そしたらね、春風《はるかぜ》さんは、その年《とし》の当番《とうばん》のクマにね、電話《でんわ》をか

けるんだよ。そして、

「そろそろ秋《あき》を届《とど》けてください。」

っていうの。

それから、また、ゆっくり店番《みせばん》をしているとね、今度《こんど》は、冬眠《とうみん》する前《まえ》のクマから、電話《でんわ》がかかってくるの。

「春《はる》を呼《よ》んでください。」って。

そしたらね、春風《はるかぜ》さんは、お店《みせ》の二階《にかい》にいって、ミシンで服《ふく》をつくるの。

そして、新《あたら》しいワンピースができたらね、それをきて、また、新《あたら》しい春《はる》を呼《よ》びに、お店《みせ》の窓《まど》から飛《と》び立《た》つんだよ。》

「いいお話《はなし》だね。」

お父《とう》さんがいいました。

「そう?」

「うん。すごく、いいよ。

春風《はるかぜ》さんのこと、これからもずっと考《かんが》えていったら、春風《はるかぜ》さんは、ともちゃんのいいお友達《ともだち》になるよ。」

「ほんとう?」

「うん。春風《はるかぜ》さんは、ともちゃんといっしょに遊《あそ》んでくれたり、ともちゃんが悩《なや》んでいるときには、助《たす》けてくれたり、なぐさめてくれたりするよ。」

お父《とう》さんが、いいました。

「これから、ともちゃんは、どんどん大《おお》きくなっていくでしょう。」

「うん。」

「その時《とき》にね、もしかしたら、ともちゃんは、春風《はるかぜ》さんのこと、忘《わす》れちゃうかもしれない。」

「えっ?」

「でも、大丈夫《だいじょうぶ》。もし、忘《わす》れちゃったとしても、ともちゃんは大人《おとな》になったら、春風《はるかぜ》さんのことを必《かなら》ず思《おも》い出《だ》すから。

春風《はるかぜ》さんはね、大人《おとな》になったともちゃんを、小《ちい》さなともちゃんと若《わか》いお父《とう》さんのところに、連《つ》れてってくれるよ。」

「タイムマシンみたいに。」

ともちゃんがききました。

「そうだね。」

「楽《たの》しみだなあ。」

ともちゃんはそういって、空《そら》を見上《みあ》げました。

その時《とき》、ふわっと、あたたかい風《かぜ》がふきぬけ、なんだかいい香《かお》りがしました。

「春風《はるかぜ》さんかなあ。」

お父《とう》さんが、いいました。

「そうだよ。」

ともちゃんが、いいました。

二人《ふたり》は並《なら》んで、歩《ある》いていきます。大《おお》きなクスノキが見《み》えてきました。

二人《ふたり》は、立《た》ち止《ど》まります。

ここから先《さき》、お父《とう》さんは階段《かいだん》をおりて駅《えき》へ、ともちゃんは坂《さか》をのぼって学校《がっこう》へ行きます。

「あ、お父《とう》さん、また、いいお話《はなし》思《おも》いついちゃった。お仕事《しごと》から帰《かえ》ってきたら、お話《はなし》してあげるね。」

ともちゃんが、いいました。

「楽《たの》しみだなあ。」

お父《とう》さんがいいました。

ともちゃんがわらって、お父さんに手をふります。

「じゃあね。」

「うん、じゃあね。」

あとがき

この本は、月刊雑誌『子どものしあわせ』（本の泉社発行）に、二〇一四年四月号から二〇一五年三月号にかけて、一年間連載したお話をまとめたものです。小学生になったばかりの女の子に、お父さんが一つお話をするという設定で、毎月、四〇〇字づめの原稿用紙一〇枚で書きました。

私には、小学二年生になる娘がいます。お話の着想は、娘との暮らしのなかから得ました。娘は、小さいころ、暗い夜がこわくて、楽しいおばけのお話を聞きたがりましたし、自分の名前を自分の好きなものに変えることはできないかと、聞いてきたりしました。また、私が連載のお話を書いている最中に、娘は、自転車に乗れるようになり、水ぼうそうにかかり、うさぎをどうしても飼いたくなったりしました。

私は、毎月、お話を書き、娘に読んで聞かせました。そして、娘の感想を聞き、手直しをして、お話を練っていきました。そうしてできたお話を私が絵にかき、もう一度読んで聞かせ、その後に、娘がお話のつづきを想像して絵にしました。

この本のなかの、ともちゃんとお父さんは、娘と私ではありません。あくまで創作です。私は、どこにでもいるふつうの親子を書きました。

この本の親子と、私たち親子に共通するのは、お父さんが、娘にお話をしたり、二人でいっしょにお話を作っていくところです。

毎日、子どもといっしょに、ゆったりと時間をすごすことができるお父さんは、それほど多くないと思います。私も、平日は、ほとんど娘といることができません。そんなふうに忙しくても、子どもにお話をしたり、いっしょにお話を作ったりすることは、子どもが寝る前や朝のひとときなど、わずかな時間でできます。

お話を作ることは、難しいことではありません。読んであげた本のその先を子どもといっしょに考えたり、子どもの「お話して」にこたえて、出まかせの話をしたり。お話に、筋や落ちがなくてもかまいません。子どもにお話をし、そして、いっしょに一つのお話を語り合っていくようになると、お話は自然に練られ、しっかりと形作られていきます。

この本の女の子のように、子どもはお父さんのお話を自分の好きなように変えていき、やがて、自分でお話を作るようになります。私は、娘が今よりずっと小さい時から、いっしょにお話作りをしてきました。今では、娘は自分でお話を作り、私に聞かせてくれます。娘の作ったお話を聞いていると、娘のなかで、お話がこんこんと湧き出ていることがわかります。

私がどんなに厄介なお話を語りはじめても、娘はいつも、うまくいき、めでたく終わるお話にかえていきます。子どもは、困った出来事でも、容易に、幸せな結末に導くことができます。その力は、お話のなかだけでなく、実際の生活においても発揮できます。子どもにとって、お話と現実の世界は、とても近くにあります。

子どもとすごした日々は、時がたつにつれてぼんやりとしてきます。しかし、お話は残ります。子どもが大きくなってからでも、二人でいっしょに作ったお話を語れば、そのお話を作っていたころに戻ることができます。親子でいっしょに作った妖精やおばけ、動物など、お話のなかの住人たちが、過去への道案内をしてくれます。

この本は、親と子のお話作りの一つの見本です。お子さんにこの本を読んであげてください。もしくは、お父さんやお母さんに、この本を読んでもらってください。そして、お話のつづきを親子で想像してみてください。そうしたら、かならず、二人だけのお話が生まれてきます。

親子のお話作りに、この本が少しでもお役に立つことができましたら幸いです。

二〇一五年三月

原正和

【作/絵】原 正和（はら まさかず）

1972年、愛知県生まれ。東京都立大学経済学部卒業。サラリーマンをしながら、童話作品を発表している。日本児童文学者協会会員。同協会、子どもと平和の委員。2009年、童話「清十の花」により第24回国民文化祭・しずおか、児童文学部門最優秀賞を受賞。作品に童話「話を大きくする店」（こどもに聞かせる一日一話／福音館書店）、絵本「こばんざる」（チャイルドブックゴールドみんなともだち／チャイルド本社）など。2013年より、全国信用金庫協会発行の月刊誌「楽しいわが家」にて、隔月でエッセイ「お父さんの気持ち」の連載を続けている。

【絵】原 知子（はら ともこ）

2006年、東京生まれ。お話を読むこと、聞くこと、作ること、そして絵をかくことが大好きな女の子。2014年に作ったお話「ふしぎなペン」が、おはなしエンジェル子ども創作コンクール、幼児・小学生低学年の部にて銀のおはなしエンジェル賞に選ばれる。父親が連載中のエッセイでは、さし絵を担当している。

お父さんと お話のなかへ
父と子のお話12か月

二〇一五年四月二一日　初版一刷発行
二〇一五年七月　二日　二刷発行

著　者　原　正和
発行者　比留川　洋
発行所　本の泉社
〒一一三-〇〇三三
東京都文京区本郷二ノ二五ノ六
電話　〇三（五八〇〇）八四九四
FAX　〇三（五八〇〇）五三五三
http://www.honnoizumi.co.jp/

装　丁　深田陽子
印　刷　音羽印刷 株式会社
製　本　株式会社 難波製本

定価はカバーに表示してあります。

ISBN978-4-7807-1213-1　C8093